NHK短歌

シン・短歌入門

笹公人

笹公人　自選四十首

『念力家族』（2003年）

注射針曲がりてとまどう医者を見る念力少女の笑顔まぶしく

憧れの山田先輩念写して微笑む春の妹無垢なり

シャンプーの髪をアトムにする弟　十万馬力で宿題は明日

校廊のどこかで冷える10円玉　むらさき色に暮れる学園

校庭にわれの描きし地上絵を気づく者なく続く朝礼

「ドラえもんがどこかにいる！」と子供らのさざめく車内に大山のぶ代

マンモスの死体をよいしょ引きずった時代の記憶をくすぐる綱引き

少年時友とつくりし秘密基地ふと訪ぬれば友が住みおり

むかし野に帰した犬と再会す噛まれてもなお愛しいおまえ

金星の王女わが家を訪れてＹＭＯを好んで聴けり

入学式のひかりに満ちた校庭の誰も時空を逃れられない

中央線に揺られる少女の精神外傷《トラウマ》をバターのように溶かせ夕焼け

『念力図鑑』（２００５年）

十二人家族のつくる納豆の大ドンブリのねばりを思え
修学旅行で眼鏡をはずした中村は美少女でした。それで、それだけ
獣らの監視厳しき夜の森で鏡をはこぶ僕たちの罰
自転車で八百屋の棚に突っ込んだあの夏の日よ　緑まみれの
空襲の夜の紅《くれない》にさざめきぬ一升瓶の底の米たち
逆三角にきらめく冬の星群をクレオパトラの下着座と呼ぶ
君からのメールがなくていまこころ平安京の闇より暗し
信長の愛用の茶器壊したるほどのピンチと言えばわかるか
浜辺には力道山の脱ぎ捨てしタイツのようなわかめ盛られて
青春の傷はときどき疼くからクレアラシルは捨てられずある
まるまると太ったヤブ蚊飛んできてガダルカナルからきたと囁く
「ブラッシーの嚙み付きを見て死んだの」と少女は前世を語りはじめる

『抒情の奇妙な冒険』（２００８年）

しのびよる闇に背を向けかき混ぜたメンコの極彩色こそ未来

泣き濡れてジャミラのように溶けてゆく母を見ていた十五《じゅうご》歳の夜に

『遊星ハグルマ装置』（２０１１年）

夕焼けの涙でしょうか電柱の根に冷えているピアスの粒は

みんなして異次元ラジオを聴いたよね卒業前夜の海のあかるさ

赤電話に十円玉の落ちる音おぼえてますか金木犀よ

『念力ろまん』（２０１５年）

何時まで放課後だろう　春の夜の水田《みずた》に揺れるジャスコの灯り

かに道楽の看板の蟹に挟まれて死ぬのもいいね　滲む街の灯

『念カレストラン』（２０２０年）

「ゆるす」というたった３文字のパスワード忘れていたね　朝焼けの窓

もし君がキエーーと奇声あげながらヤシの実割ったとしても　好きだよ。

そうこれはだいだらぼっちが黒い海に民家をつぎつぎ投げ入れる音

『終楽章』（２０２２年）

戦争で死にたる犬や猫の数も知りたし夏のちぎれ雲の下

雪女溶けて残れる水たまりのみずは甘いか日本鼬《いたち》よ

浅き眠りの父を傍《かたえ》に読みふける介護の歌なき万葉集を

サイゼリヤの壁で抱き合う小天使《エンゼル》がわんぱく相撲に見えるまで飲む

予定地に光の柱のぼらしめ宗教画めくマンションチラシ

行き先を「平安時代」と告げたれば光の道に吸われるタクシー

はじめに

笹《ささ》P《プロデューサー》　どうも、アララギ31《サーティーワン》のプロデューサーです。

コトハ　いまどきそんなトレンディーな格好をしたプロデューサーいませんよ！

笹P　八十年代からのタイムトラベラー説もありますが、その話はまた今度。本書は、「NHK短歌」テキストで二〇二〇年～二〇二二年まで連載された「念力短歌入門」に加筆修正したものです。

コトハ　寄せられた五十二の質問は、私、アイドルの明星《みょうじょう》コトハが選びました！

笹P　なかなか良い質問が多かったね。おかげで、かゆいところにまで手が届く入門書になったよ。

コトハ　ありがとうございます！　最近、短歌ブームと呼ばれてますけど、私を含め、短歌は作りたいけど、どこから手をつけたらいいのかわからないって人が多いと思います。なので、初心者向けの質問を選びました！

笹P　最近は、若い人や、コトハちゃんのようなアイドルまで短歌を作るようになって、時代も変わったなぁ、と思うね。

アイドルのスイッチ入る空色の愛の魔法に袖を通せば

宮田愛萌《みやたまなも》『アイドル歌会 公式歌集Ⅰ』

ただいまと私の街で歌う日のポニーテールは気合のしるし

大場花菜《おおばはな》（＝LOVE）同

ねえ誰を愛す？　今どう思ってる？　貴方のせいでアイス溶けたよ

律月《りつき》ひかる（いぎなり東北産）

コトハ　すごい！　わたしの推しばっかり！　しかもどの歌も面白いし。ところで先生は、この入門書をどんな思いで書きましたか？

笹P　まず、単なるHow《ハウ》 To《トゥ》本にはしたくなかった。この本を読んで実践すれば、それなりにいい歌は作れるようになるし、新聞や雑誌の短歌コーナーの常連になって、いずれは歌集を出す人も出てくると思う。でも、そこで満足してほしくないんだ。短歌の歴史や継承されてきた技術を学びつつ、短歌を一生の相棒として生きていくような人が増えるといいなぁと願って、この本を書きました。

それと、本書では、正岡子規《まさおかしき》先生らの和歌革新運動以来、衰退しつつある短歌の音楽性について多くのページを割きました。これも大きな特徴といえるかもしれない。

コトハ　そういう意味では、古くて新しい入門書ともいえそうですね。

笹P　そうなっているといいけどね。ただ、自分の三十一年の短歌歴で、これだけは伝えておきたいという大事なことは、ほとんど詰め込むことができたと思っています。

肩肘張らず、どのページからでも、今まさに知りたいことが書かれているページから読んでいただければ幸いです。

コトハ　「シン・歌論集」、「シン・短歌ドリル」、「推敲10のチェックポイント」もとても役に立ちますよ！

笹P　ちゃんとセーターをプロデューサー巻きしている私を信じてほしい。

コトハ　逆効果です！

笹P　それでは、レッツ短歌ライフ！

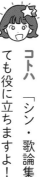

明星《みょうじょう》コトハ（18）
通称・コトハちゃん

2021年に結成された、メンバー全員が文学少女という設定の６人組アイドルグループ「アララギ31《サーティーワン》」のリーダー。2021年「Red☆flash」でデビュー。2ndシングル「センチメンタル4《フォー》ユー」がスマッシュヒット。3rdシングル「ジャンジャン恋せよ乙女模様」で蒲郡《がまごおり》歌謡祭グランプリ。4thシングル「さよなら、スペースカレッジ」は、10代の若者の間で卒業ソングの定番になりつつある。

西東京ラジオ「明星コトハの狂い咲き短歌ロード」メインパーソナリティ。

曽祖母が有名な歌人だという噂もある。

笹《ささ》P《プロデューサー》（年齢不詳）
通称・先生

歌人・笹公人の別人格。アイドルプロデューサー。

プロデュース中のアイドルグループ「アララギ31」では、作詞・作曲も担当。

トレンディーなファッションに身をつつみ、80年代の流行語を突然口走ったり、神社の境内で消えたり、今は売られていないはずの80年代のお菓子を食べていることもあり、タイムトラベラー説が囁かれている。

もくじ

2nd Stage《セカンドステージ》 ～中級編～

3rd《サード》 Stage《ステージ》 〜上級編〜

シン・歌論集

本書は「NHK短歌」テキストで二〇二〇年四月号～二〇二二年三月号に連載された「念力短歌入門」を中心に、新項目を加え編集しました。

教えて！ 笹先生
短歌のQ&A

1st Stage
～初級編～

コトハ　先生、短歌ができません！　戦争反対！　増税反対！　推し変反対！　詠みたいことはたくさんあるのに、言葉が出てこない！

笹P　いきなりそんなに大きなテーマで作ろうとするからだよ。

最初に戦争反対とかいう大きなテーマで詠もうとすると、主張が全面に出てしまってスローガンみたいになってしまうんだ。だから……ほら、あそこに落ちてる消しゴム。これで詠んでみたら？

コトハ　わ、また落としちゃってた！　消しゴムかぁ、消しゴム消しゴム……。

笹P　誰にも気づかれず、スタジオの隅で冷えてた消しゴムはどんな気持ちだったと思う？

コトハ　私みたいに孤独……。

笹P　そう、その消しゴムに自分の孤独を重ねたらいいんだよ。

コトハ　なるほど！

スタジオの隅で拾った消しゴムはすり減っていて両手で包む　明星コトハ

笹P　そう、そんな感じ！　短歌は、小さな具体的なもの（床に落ちてる消しゴム）で大きな普遍的なもの（人類の孤独）を詠むのが得意なジャンルなんだ。最初から大きなテーマで詠もうと思ったら、逆にうまくいかないんだ。わかったかな？

コトハ　はい！　なんとなくわかりました！

笹P　しかし、君も苦労してるんだね……。

Q. 01

歌を作るには何から始めたらいいですか？

A.

カルチャー教室の参加者で、ときどき「冷泉家《れいぜい》の方ですか？」*と尋《たず》ねたくなるような古式ゆかしい歌を作ってくる人がいます。おそらく、短歌とは百人一首のように、大和《やまと》言葉で花鳥風月を詠むものという思い込みがあるのでしょう。まずは、短歌に対してなんとなく作り上げていたイメージと作歌に対する怖れを捨ててください。

短歌とは、五音七音五音七音七音の定型で成り立っている、三十一音の詩型です。俳句と違って、季語や切れ字も必要ありません。**ただ、この定型さえ守ればいいのです。**現代の短歌は、「なり」や「けり」などを無理に使う必要もありません。完全に口語で作る人もいますし、文語と口語を混ぜて歌を作る人もいます。

まずは、現代の歌人たちの作品を集めた「アンソロジー」を読んで、現代短歌の世界を知るとともに、定型のリズムに慣れることから始めましょう。アンソロジー（複数の作者による作品を集めた本）には、たくさんの歌人の秀歌が載っています。読み込むうちに、それぞれの歌人の感覚や作風、追及しているテーマが見えてくると思います。その中から、自分と相性が良いと思う歌人を見つけてください。次にその歌人の単独の歌集を手に入れてください。さらには、その作者になりきって作歌をすることをお勧めします。**巧《うま》い下手にはこだわらず、最初の二、三年は、モノマネでいいので、どんどん歌を詠んでみてください。**

「学ぶ」という言葉の語源は「真似《まね》ぶ」だと言われています。学びの基本は「真似ぶ」ことです。真似することで、相性の良い歌人の技をひたすら吸収し、基礎や型を身につけてください。やがて、どうしても真似できない部分や、趣味嗜好《しこう》の違いが明確になってきます。つまり、**それこそがあなたの個性ということになります。**

＊冷泉家は和歌の家で、平安時代末期から鎌倉時代にかけて活躍した歌人藤原定家《ふじわらのていか》を祖としています。

コトハ　先生オススメの短歌アンソロジーだよ！

『桜前線開架宣言』山田《やまだ》 航《わたる》・編著（左右社）
『短歌タイムカプセル』東《ひがし》 直子《なおこ》・佐藤《さとう》弓生《ゆみお》・千葉《ちば》 聡《さとし》・編著（書肆侃侃房）
『短歌研究ジュニア　はじめて出会う短歌100』千葉 聡・編（講談社）
『はつなつみずうみ分光器』瀬戸《せと》夏子《なつこ》・著（左右社）

Q.02 短歌の形「五・七・五・七・七」決まりはこれだけですか？

A.

多少の字余りは許容範囲ですが、初心の頃は、なるべく定型を守って作りましょう。

「オレが今マリオなんだよ」島に来て子はゲーム機に触れなくなりぬ

俵《たわら》万智《まち》『オレがマリオ』

句ごとにスラッシュを入れてみると、

「オレが今／マリオなんだよ」／島に来て／子はゲーム機に／触れなくなりぬ

それぞれの句は、順番に「初句」「二句」「三句」「四句」「結句」と呼びます。また、五・七・五を「上《かみ》の句」、七・七を「下《しも》の句」といいます。四句の「ゲーム」は三音。「ー」表記は一音として数えます。

海も山もあり、キノコも生えている島の生活は、まるでリアルなマリオワールドだったのでしょう。

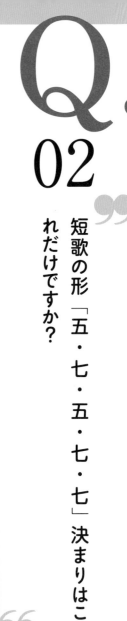

たぶん親の年収越えない僕たちがペットボトルを補充してゆく

山田 航『さよならバグ・チルドレン』

音数は、六・八・五・七・七で初句と二句が一音の字余り。四句の「ペットボトル」は六音。「ッ」のような促音も一音として数えると覚えておいてください。

この歌には、いわゆる就職氷河期世代以降のリアルがあります。ペットボトルはなぜあんなに増えるのでしょうか。この歌は、X《エックス》（旧Twitter《ツイッター》）でバズり、話題になりました。

レコードの針のノイズに味がある父のテープで聴くビートルズ

笹 公人『念力図鑑』

「レコード」の「ー」も一音として数えます。ちなみに、「レコード」「ボール」「ケーキ」などの「ー」表記を「長音」といいます。この歌は、長音が三つも入っていますが、五・七・五・七・七ぴったり定型にあてはまっています。

しのびよる闇に背を向けかき混ぜたメンコの極彩色こそ未来

笹 公人『抒情の奇妙な冒険』

しのびよる／闇に背を向け／かき混ぜた／メンコの極彩／色こそ未来

「極《ごく》彩《さい》色」という一語が第四句と結句（第五句）にまたがっています。

このように一語が句をまたいでいるものを「句またがり」といいます。

Q.03

初心者が覚えるべき型のようなものはありますか？

A.

平安時代中期に、藤《ふじ》原《わらの》公《きん》任《とう》が『新撰髄脳』の中で、**上の句で風景を表現し、下の句で自分の心を述べるのが歌の基本的な形である**と説いています。と、したり顔で語っていますが、そのことは、『作歌へのいざない』（三枝昂之《さいぐさたかゆき》・著　NHK出版／絶版）を読んで知りました。

公任の解説を紹介します。

> 歌のありさま三十一字惣《そう》じて五句あり。上の三句をば本《もと》と云《い》ひ、下の二句をば末と云ふ。一字二字余りたれども、うち詠むに例にたがはねばくせとせず。およそ歌は心深く姿清げに、心にをかしき所あるをすぐれたりと云ふべし。（中略）ともに得ずなりなば、いにしへの人多く本に歌枕を置きて、末に思ふ心を表はす。
>
> 藤原公任『新撰髄脳』

上の句五・七・五で風景（場面）を表現し、下の句七・七で自分の心（想《おも》い・感想）を述べる形の歌は、

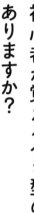

百人一首にも多く見られます。また、このような心情と景物を対応させる構造を国文学者の鈴木日出男《すずきひでお》は、「心物対応構造」と名付けました。

ちなみに私は勝手に**「三句切れ景・心セット」**と名付けています。

秋の田の穂の上《うへ》に霧《き》らふ朝霞《あさがすみ》いつへの方《かた》に我《あ》が恋止《こひや》まむ　磐之媛命《いはのひめのみこと》（磐姫《ひめ》）『万葉集』巻二

秋の田の穂の上に霧らふ朝霞　（風景）

＋

いつへの方に我が恋止まむ　（想い）

上の句は、「秋の稲穂の上に朝霧が立ちこめている」という風景を表現し、下の句では、「私の恋心はどこへ行ってしまうのだろうか」と不安な気持ちを吐露しています。

この歌が生まれた背景を想像してみます。田んぼの上にたちこめている朝霧を見た姫が、「あ、この先が見えない感じ、私の恋と一緒だ！」と思った。あるいは、逆に、先が見えない恋に悩みながら朝の散歩をしていた時、霧の立ちこめている田んぼを見て、「あ、いまの私の心、まさにこの状態！」と思った。このどちらかでしょう。

同じ「三句切れ景・心セット」の歌をご紹介します。

マッチ擦るつかのま海に霧ふかし身捨つるほどの祖国はありや　寺山修司《てらやましゅうじ》『空には本』

マッチ擦るつかのま海に霧ふかし　（風景）

＋

身捨つるほどの祖国はありや　（想い）

もしかしたら、寺山修司の頭の中には、先ほどの磐姫の歌があったのかもしれません。

上の句は、夜の港でマッチを擦ったら、霧にたちこめる海が見えた。まるで石原裕次郎《いしはらゆうじろう》の映画のワンシーンのようです。下の句は、「命を捨ててまで守るべき祖国はあるのだろうか、いやないだろう」というモノローグです。この歌は、戦後の青年のやるせない気持ちを見事に代弁しているとして高く評価されています。馬場《ばば》あき子《こ》先生は、寺山短歌の人気の秘密は、この歌のような三句切れ上下二句仕立ての律の明快さにあると看破しました。　＊『短歌への招待』（馬場あき子・著　読売新聞社／絶版）

そして、この歌は、

一本のマッチをすれば湖は霧　富澤赤黄男《とみざわかきお》『天の狼』

めつむれば祖国は蒼き海の上　同

からの盗作であることも知られています。その行為に対する賛否はここでは置いておくとして、寺山修司は、俳句出身であったことと、短歌の基本的な型を知っていたからこそ、そういった芸当も可能となったものと思われます。もちろん寺山修司には、オリジナルな発想の素晴らしい作品もたくさんありますので、誤解のないようお願いいたします。

ちなみに、寺山は自作の俳句に七・七を付けて、短歌として甦《よみがえ》らせたものがいくつもあります。

みなさんも上の句、下の句のどちらかだけでも浮かんだときは、メモをとるといいでしょう。**別の時に作った上の句と下の句を繋《つな》げてみたら、思わぬいい歌ができたなんてこともよくあるのです。**

ちなみに、次の名歌も「三句切れ景・心セット」です。

ヒヤシンス薄紫に咲きにけりはじめて心顫ひそめし日

北《きた》原《はら》白《はく》秋《しゅう》『桐の花』

私は、定期的に小学校で短歌の特別授業を行っているのですが（130ページ参照）、**この型を知った途端、すらすら詠めるようになる子が多いです。また、大人でスランプに陥った人も、この型に沿ってつくることにより、スランプを脱出した人もたくさん見てきました。**

藤原公任先生、三枝昂之先生に感謝です。

Q.04

「上の句が場面、下の句が内面」という二部構成が歌の基本と学びました。この上下が逆になっても大丈夫ですか？

A.

もちろん大丈夫です。**「五・七が内面（心）、五・七・七が場面（風景）」という形になっている歌もよく見られます。**

戦わぬ男淋しも昼の陽にぼうっと立っている夏の梅　佐佐木幸綱《ささきゆきつな》『火を運ぶ』

たとえばこの歌は、第二句までが「戦わぬ男淋しも」という内面（心）で、第三句以降の五・七・七は「昼の陽にぼうっと立っている夏の梅」という場面（風景）になっています。定年後の男たちの虚無感を、開花期を過ぎた夏の梅の木に喩《たと》えているのです。

ゆふぐれの神社は怖しかさぶたのごとくに絵馬の願ひ事あふれ　栗木京子《くりききょうこ》『夏のうしろ』

いま我は生《よ》のどのあたり　とある日の日暮里《にっぽり》に見し脚のなき虹　桑原正紀《くわはらまさき》『月下の譜』

私は、この形の歌を**「二句切れ心・景セット」**と勝手に名付けています。以下の拙歌もそうです。

何時まで放課後だろう　春の夜の水《みず》田《た》に揺れるジャスコの灯り
笹 公人『念力ろまん』

もう恋は終わったんだね深海の魚のように瞬くビルよ
笹 公人『終楽章』

他にも、「風景と風景を組み合わせた歌」、「想いのみをストレートに述べた歌」など、様々な形の歌があります。ルールを決めてしまうと苦しくなってしまうので、**最初の頃は自由に作歌してみてください。**

コトハ　先生、句切れを意識することは大切ですか?

笹P　もちろん。句切れを意識することから文体作りが始まるといっても過言ではないね。

コトハ　三句切れ景・心セットか、二句切れ心・景セットだけではダメですか?

笹P　別にいいけど、野球でいえばストレートしか投げられないピッチャーみたいな感じだけど。それでいいのなら。

コトハ　それはイヤです!

笹P　連作の賞とかでも、意外と球種の数を見られてるからね。覚えておくといいよ。

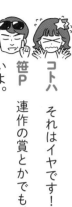

Q.05 短歌はなぜ「五・七・五・七・七」なのですか？

A. 私もそれが知りたくて、多くの書籍を読み漁りましたが、納得のいく説には出合えずにいました。

ところが、二〇〇七年、これは！と思える説に出合うことができました。それは、『知っ得 短歌の謎 近代から現代まで』（學燈社）の佐佐木幸綱先生による序文にありました。

『冷泉家和歌秘々口伝』の伝える説である。一か月は三十日で終わりそれから次の月の第一日がやってくる。**天をめぐる月が一周りして、さらに周りつづけてゆく「天道循環無窮」を象徴する数が三十一だというのである。**

この説に衝撃を受けました。ちなみに、三十一文字が天体の運行に対応しているという説は、「ホツマツタエ」にも書かれています。ホツマツタエとは、「ヲシテ」（神代文字の一つとされる）を使い、五・七調の長歌体で記され、全四十アヤ（章）一万七百行余りで構成された日本の古典叙事詩とされています。歴史学会は偽書と見做《みな》していますが、その成立時期は、『古事記』『日本書紀』より古いと主張する研究家もいます。冷泉家に伝わる口伝とホツマツタエの内容の一致が実に興味深いです。**信じるか信じないかはあなた次第です。**

Q.06 字余り・字足らずの歌でもいいのでしょうか？

A. 五・七・五・七・七の定型より音数の多いものを**「字余り」**、少ないものを**「字足らず」**と呼びます。初心者にはきっちり定型を守ることをお勧めしますが、多少の字余り、字足らずがあっても、読み上げてリズムに違和感がなければ許容範囲です。また、意図的に定型を崩すことを**「破調の歌」**と呼んだりもします。破調の歌で成功していると思うのは、たとえばこの歌です。

たとへば君　ガサッと落葉すくふやうに私をさらつて行つてはくれぬか

河《かわ》野《の》裕《ゆう》子《こ》『森のやうに獣のやうに』

若い女性のパワーとあふれんばかりの想いが、六・七・六・八・八音の破調によって伝わってきます。すべてが字余りではなく、第二句がきっちり七音になっていて、絶妙にリズムが保たれています。たとえ破調であっても、どこかをきっちり定型にすることが成功させるコツだと思います。**字足らずの歌は極端に成功例が少なく、難易度も高いので、手を出さない方が無難だと感じています。**

Q.07

短歌では自分のことを「われ」と表現するのですか?

A.

「われ」に限らず、わたし、わたくし、ぼく、おれ、吾《あ》、おいら、拙者、それがし、あたい……等、日本語の一人称であれば、なんでもOKです。

その日から生き方変えたという君のその日の記憶吾には見えない　俵 万智『サラダ記念日』

たとえばこの歌は、字数(音数)を合わせるために「私」という言葉は使わず、「吾《あ》」という古語を選んでいます。格好つけたことを言いたがる男と、それを冷静に分析する女の温度差が絶妙に詠《うた》われています。

するだろう　ぼくをすてたるものがたりマシュマロくちにほおばりながら　村木道彦《むらきみちひこ》『天唇』

「ぼく」が使われた歌で、おそらく一番有名なのは、この歌でしょう。一九六五年に発表されたライトヴァースの元祖ともいわれる伝説の一首です。これほどアンニュイな雰囲気に満ちあふれた失恋の歌を他に知りません。「マシュマロ」を「マカロン」にしたら、現代のエモい歌としても通用しそうです。

なよたけの美少女乗せてボロ自転車こぐ痩せぎすは俺の伜ぞ

島田修三《しまだしゅうぞう》『東海憑曲集』

歌の一人称が「俺」で有名なのは、島田修三さんです。島田さんのように、一人称のチョイスが作者の文体・作品世界を決定づけている歌人もいます。

この歌は、「俺の伜《せがれ》ぞ」という不器用な言い回しによって、照れやら誇りやらの一口では言い表せない微妙な真情が表現されています。

ちなみに、**私の場合、歌の雰囲気によって一人称を変えています。**このように様々な一人称で歌が詠まれていますが、**自分の作風に合った一人称を選ぶとよいでしょう。**

コトハ あちきもいろんな一人称で歌を詠むのでありんす。

笹P 花魁《おいらん》か！　あっしも負けずにがんばるぞ！

コトハ 日本語って素敵……。

Q.08

日常使っている言葉で書いていいですか？

A.

もちろんOKです。現代は、口語（話し言葉・しゃべり言葉）で作る短歌が盛んです。**一口に口語と言っても、話し言葉、つぶやきの言葉、漫画の決めゼリフなど、さまざまなものがあります。**

雨だから迎えに来てって言ったのに傘も差さず裸足で来やがって
盛田《もりた》志保子《しほこ》『木曜日』

口語を生かした歌で、結句の「来やがって」という荒っぽさがいい味を出しています。この感じを文語で表現しようと思っても的確な言葉が見つかりません。

あじさいがぶつかりそうな大きさで咲いていていて今ぶつかったとこ
枡野《ますの》浩一《こういち》『毎日のように手紙は来るけれどあなた以外の人からである　枡野浩一全短歌集』

文語は絶対に使わないというポリシーで歌を詠み続けている枡野さんは稀有《けう》な存在です。この歌は、リアルな実況レポート的なおもしろさがありますが、これも口語ならではの味わいです。「ぶつかりそうな大きさ」で咲いているという認識が独特です。アパートの玄関などが浮かんできます。

煙草いりますか、先輩、まだカロリーメイト食って生きてるんすか

千《ち》種《ぐさ》創《そう》一《いち》『砂丘律』

駅のホームなどで、数年ぶりに先輩に会った時の光景でしょうか。この歌が醸し出す臨場感、若さ、現代ならではの空気感も口語表現ゆえのものです。

エスカレーター、えすかと略しどこまでも　えすか、あなたの夜をおもうよ

初《はつ》谷《たに》むい『花は泡、そこにいたって会いたいよ』

エスカレーターを「えすか」と略しちゃうの!?　と、この歌を読んだときは驚きました。さらには擬人化された「えすか」の孤独な夜に思いを寄せるという短歌的な着地も心憎いです。

そうですかきれいでしたかわたくしは小鳥を売ってくらしています

東 直子『春原さんのリコーダー』

第二句までの台詞《せりふ》は、松田聖子《まつだせいこ》さんが結婚したとき、かつての恋人だった郷《ごう》ひろみさんのコメントを引用したものだそうです。それに続く隠遁《いんとん》生活感漂う下の句が絶妙です。

Q.09 文語とは何ですか？　また、文語と口語が混じっていてもいいのですか？

A. **文語とは、文章語、書き言葉のことをいいます。**本来、短歌は、文語的表現に立脚する詩形であり、文語で作るのが主流でしたが、大正時代に、短歌に口語を取り入れる動きが盛り上がりました。モダニズム短歌と呼ばれた一群です。しかし、昭和十年代に入ると、戦時体制により伝統的な文語短歌が見直され、その機運は萎《しぼ》んでいきました。

口語短歌が再び盛り上がるのは、戦後になってからです。口語短歌といっても、文語の中に口語を取り入れるという発想のものがほとんどでした。文語と口語が混ざった文体（**ミックス文体**ともいいます）の短歌が許容されるようになったのは、俵万智さんの『サラダ記念日』ブームがきっかけだと考えられています。

気がつけば君の好める花模様ばかり手にしている試着室

俵 万智『サラダ記念日』

「君が好きそうな花模様」などとすることもできたはずですが、定型を守るために、あえて「好める」

という文語が選択されています。

このような文語と口語が混じった歌は、『サラダ記念日』に多く見られ、その文体は、多くの歌人に影響を与えました。当時は、タブーを破るかのような背徳感もあり、斬新な印象を受けましたが、**いまとなってはふつうに許容されている表現であるといえます。**

ちなみに、**ミックス文体の元祖は、石川《いし かわ》啄木《たく ぼく》ではないかといわれています。**

何《なん》となく、
今年《こ とし》はよい事《こと》あるごとし。
元日《ぐわん じつ》の朝《あさ》、晴《は》れて風《かぜ》無《な》し。

石川啄木『悲しき玩具』

第二句に注目してください。「よき事」ではなく「よい事」となっています。下の句は、完全に文語です。

同じように北原白秋にもミックス文体の歌があります。

転《ころ》がつてゆく絹帽《シルクハット》を追つかける紳士老いたり野は冬の風

北原白秋『雲母集』

「転がりてゆく」ではなく、「転がつてゆく」、「追ひかける」ではなく「追つかける」となっていて、下の句は、文語になっています。短歌を始めた頃、口語と文語のミックスは良いのだろうかと疑問を持ち、近代の名歌集を片っ端から読んだのですが、これらの歌を見つけた時は不思議な安堵《あんど》を覚えました。

さて、文語と口語では、ニュアンスにどのような違いが出るのでしょうか。試しに、次の口語短歌を文語に変えてみます。

ノミひとつ手にして森へ行くちょうどいい木を観音様にしたくて

小坂井大輔《こざかいだいすけ》『平和園に帰ろうよ』

シュールでユーモラスな歌ですが、文語風に変えると、

鑿《のみ》持ちて森へ行くなり観世音を彫るにふさわしき樹木のあれば

などとなるでしょう。大真面目なアニミズムの歌になります。

このように、**同じ発想であっても、口語にするとノリの軽さが生まれ、軽妙な短歌に仕上がります。**文語に直すと急に背筋が伸びるような「マジな歌」になってしまい、作者の職業が「仏師」と思われる可能性が出てきます。**内容が口語にふさわしい場合は、口語で詠むといいでしょう。**

Q. 10

季語は入れたほうがいいですか？

A. 「季語」とは、俳句などで一年を春・夏・秋・冬・新年の五つに分けた、季節感を表すための言葉です。短歌にも季語を入れなくてはいけないと勘違いしている方が意外と多いのですが、**俳句と違って季語を入れる必要はありません。**

俳句は、たった十七音しかないため、季語の力を利用せずに大きな世界を表現するのは困難です。よって「季語」は主役級に重要となりますが、短歌は心の表現がメインなので、季節感がなくてもいっこうにかまわないのです。また、短歌にも、いわゆる季語と呼ばれる言葉が詠み込まれた歌もたくさん存在します。俳句では季語を二つ入れることを「季重なり」といって嫌いますが、**短歌の場合、二つ入れようが三つ入れようが問題ありません。**

鯉のぼり窓に飼はるる一鉢のメダカに空を教へてゐたり

馬場あき子『飛種』

Q.11

旧かなで詠むか、新かなで詠むかで迷っています。

A. **旧かなとは、歴史的仮名遣いのことをいいます。**中学や高校で習う古文をイメージするとよいでしょう。

新かなとは、現代仮名遣いのことをいいます。みなさんが、日常的に読み書きしているのは、新かなです。

旧かなの文字は、見た目が優美で奥ゆかしく見えます。「ゐ」「ゑ」などの旧かなならではの文字も、曲線的で優美な印象をもたらします。その魅力に惹《ひ》かれて、旧かなで歌を詠む歌人も少なくありません。

新かなをカジュアルな洋服とするならば、旧かなは、よそ行きの着物といえるかもしれません。次のような古典的で幽玄な世界観を持つ歌を読むと、作者が旧かなを選んだことを深く納得します。

針と針すれちがふとき幽《かす》かなるためらひありて時計のたましひ
水《みず》原《はら》紫《し》苑《おん》『びあんか』

どこが新かなと違うのか、新かなと並べて説明します。「すれちがう」→「すれちがふ」。「ためらい」→「ためらひ」。「たましい」→「たましひ」。「ためらい」よりも「ためらひ」のほうが、よりためらっている感じが、「たましい」より「たましひ」のほうが、より言葉のニュアンスが深く伝わってくるようで不思議です。

このように魅力満載の旧かなですが、新かなで生きてきた現代人にとって、旧かな遣いは何かと間違えやすいため、**かなり困難な道を覚悟しなくてはなりません。**たとえば、固有名詞では、「家《いえ》」は「いへ」、「紫陽花《あじさい》」は「あぢさゐ」となります。動詞では、「思う」→「思ふ」、「居《い》る」→「ゐる」、「恥じる」→「恥ぢる」となります。ここまで読んで、「めんどくさ……」と思った人は、新かなで詠むのが無難です。現代的な風景やデジタルな世界を詠む場合は、新かなを選択したほうが、歌にリアリティが出ると思います。**それぞれ一長一短あることを知った上での選択をお勧めいたします。**

文語と口語の混在は、いまや「ミックス文体」などと呼ばれて許容されていますが、**「旧かな」と「新かなの混在は認められていません。**単なる誤用として扱われてしまいます。旧かなで口語の喋《しゃべ》り言葉を書くのはOKです。次の歌のように、なんとも言えない味わいが出る場合もあります。

さう言つていいのか（いいとも）リバプール育ちの彼の知らない和歌だ
岡井《おかい》隆《たかし》『臓器（オルガン）』

あなたからきたるはがきのかきだしの「雨ですね」さう、けふもさみだれ
松平修文《まつだいらしゅうぶん》『水村』

Q.12

短歌と和歌の違いは何ですか?

A.

「和歌をおやりになるんですって?」と声をかけられて、気恥ずかしい思いをしたことがある読者もいるでしょう。なかには扇子で口元を隠しながら、「そうなんですの。オホホ……」と答えた人もいるかもしれませんが。和歌と言われると急に格調高い雰囲気になり、思わず背筋が伸びるので不思議です。

では、和歌と短歌は、何がどう違うのでしょう。もともと漢詩に対して、大和、日本の歌という意味で、五・七・五と七・七を組み合わせた長歌や旋頭歌《せどうか》や仏石足歌《ぶっそくせきか》なども含めて「和歌」と総称されていました。平安時代に入ると、五・七・五・七・七の三十一音が和歌の主流となりました。なので、われわれが作る短歌を和歌と言われても、厳密に言えば間違いではありません。

和歌が短歌と呼ばれるようになったのは、明治二十年代から三十年代にかけての正岡子規《まさおかしき》や与謝野《よさの》鉄幹《てっかん》や佐佐木信綱《ささきのぶつな》による和歌革新運動以降のことです。運動以前は、花鳥風月をはじめとする高尚なものしか詠われる対象にならなかったのですが、**運動後は、身の回りにあるどんなもの（きれいではないもの）でも詠える空気になりました。**

それにより、与謝野晶子《あきこ》は性愛を詠い、石川啄木は貧しさや愚痴を詠むこととなり、近代短歌は大きく花開きました。ちなみに正岡子規は、当時こんな歌を発表しています。

人皆の箱根伊香保と遊ぶ日を庵にこもりて蝿殺すわれは　正岡子規『竹乃里歌』

十四日、オ昼スギヨリ、歌ヲヨミニ、ワタクシ内へ、オイデクダサレ　同『子規全集』

明日ハ、君ガイデマス、天気ヨク、ヨロシキ歌ノ、出来ル日デアレ　同

二、三首目は「はがき歌」として知られています。これらの歌が、当時いかに過激に見えたかは想像に難くありません。これくらい過激にやらないと革命は起こせないという強い覚悟を感じます。

笹P　短歌と俳句の違いについては、この本に詳しく書かれています。オススメ！
『俳句ミーツ短歌　読み方・楽しみ方を案内する18章』堀田季何《ほったきか》・著（笠間書院）

Q.13

古典和歌に全く疎いのですが、それでも良い短歌は作れますか？

A.

ときどき「百人一首を一首も諳《そら》んじられない私に短歌なんて詠めますか？」という質問を受けることがありますが、答えはイエスです。プロの歌人が百人一首をすべて完璧に諳んじられるかというと、そんなことはないでしょう。小さい頃から百人一首が大好きで、大学でも古典を勉強して、そこから短歌を始めるという人もいるかもしれませんが、現代短歌は、古典を知らなくても作ることができます。極端なことを言えば、「百人一首」を知らない子供でも秀歌を作ることもあるのですから、**古典の知識・教養がなくとも、良い短歌を作ることは可能です。**

しかし、古典の知識があったほうが作歌をする上で何かとお得です。『万葉集』の時代から脈々と受け継がれる歌心や歌の基本を知ることができますし、語彙の引き出しに大和言葉が加わることも大きいです。枕詞の知識があれば、パロディに使うこともできますし、本歌どりで遊ぶこともできます。**短歌というジャンルは、古典を学べば学ぶほど祝福される不思議な詩型である**といえるでしょう。

歌人が古典和歌を語るとき、それがあたかも歌人としての常識なのではないかと思えて、脅威を感じることがあるかもしれませんが、実際は、結社で古典に関する原稿を依頼をされて、大慌てで古典を勉強し直したり、馬場あき子先生や佐佐木幸綱先生の講演を聞いて知識を得たりと、いわば空中給油で古典の知識を得ているケースも多いのです。**コンプレックスを持つ必要はありません。**楽しく作歌しつつ、必要を感じた時に古典を学べばいいのではないでしょうか。

古典の知識や語法を活かした作風で新風を吹かせた二人の歌人の歌を紹介します。

かぎろへば滝つ瀬やさしみづからを滝と知りつつ砕けゆくなり

水原紫苑『びあんか』

そは晩夏新古今集の開かれてゐてさかしまに恋ひ初めにけり

紀野《きの》恵《めぐみ》『さやと戦げる玉の緒の』

コトハ　「百人一首」ってたしか百人の歌人が知恵を出し合って最高の一首を作るという企画でしたよね？

笹P　そうきたか！「ゼルダの伝説」の開発プロジェクトじゃないんだから！　で、いったいどんな一首ができたんだよ……。

Q.14

短歌は詩であると考えてよいのでしょうか？

A. **短歌は、詩であり文学であると思います。**というよりも、われわれはそれを目指して作歌するべきです。私個人の意見としては、ただ言葉を定型にパズルのように当てはめただけのものを短歌とは呼びたくないです。詩としての短歌には、読後に、しみじみとしたなんとも説明しがたい余情に浸ることができたり、詩的飛躍によって圧倒的な幻想世界を見せられたり、その歌を読んで以来、いままで見ていた風景が違って見えてしまうような発見などがあるものです。つまり深い感動が詠み込まれているのです。

ゆふぐれに櫛をひろへりゆふぐれの櫛はわたしにひろはれしのみ　永井陽子《ながいようこ》『なよたけ拾遺』

この歌など、ゆうぐれに櫛《くし》を拾ったということだけを詠っているのに、なぜかしみじみとした哀感が滲《にじ》んできます。拾われた櫛の寂しさは、拾ったわたしの寂しさでもあるのでしょう。

短歌が詩であり、文学であるからといって構える必要はありません。私の師の岡井隆先生は、短歌の初心者に対して、人生に二度も三度もありえないような体験を詠むことを勧めていました。ありきたりの一般化されるような平凡な要素がはじめから少ないからという理由です。これはとても理にかなっています。しかし、ふつうの人生は、そんなにドラマティックではありませんから、非日常ばかりを詠おうと思ったら、長続きはしないでしょう。詩を求めるあまり、放浪の旅に出たり、自分から波瀾に飛び込んだりしたら、まともな生活が成り立ちません（岡井先生は、ちょっとそういうところがありましたが）。

短歌を長く続けるには、ドラマティックな場面ばかりではなく、日常の小さな気づきを詠むのがコツです。最近は、日常の一見どうでもいい小さな発見や気づきを歌にするのをよしとする歌人が増えてきて、それが主流となりつつあります。

「ヤギ　ばか」で検索すると崖にいるヤギの画像がたくさん出てくる

永《なが》井《い》祐《ゆう》『広い世界と2や8や7』

「LOVE」という文字の形のブローチのVの字に糸よく引っ掛かる

田《た》中《なか》有《う》芽《め》子《こ》『私は日本狼アレルギーかもしれないがもう分からない』

バス停のアクリル板に挟まった羽虫が発車時刻を隠す

toron《とろん》*『イマジナシオン』

Q.15 短歌には「想い」が込められていないといけないのですか？

A.

紀貫之《きのつらゆき》は、『古今和歌集』仮名序で「やまと歌は、人の心を種として、よろづの言の葉とぞなれりける」と短歌を定義しています。つまり、人の想いなくして歌は生まれないと言っているのです。その定義を暗黙のルールとして、短歌は千年以上続いてきました。よって、**人の想いがどこにも入っていないものは短歌とは呼べない**というのが私の考えです。

時々、新聞のテレビ欄などで、偶然五・七・五・七・七の文章になっているものがありますが、だからといって、それを短歌とは呼べないでしょう。なぜなら、そこには番組の説明があるだけで、人の想いが込められていないからです。こう書くと、「風景だけの歌にだって想いが入っていないのでは」という反論もあるかもしれません。しかし、それは早とちりです。**優れた自然詠には、風景に想いが託されていたり、鋭い発見やおもしろい比喩表現があります。**

病める児はハモニカを吹き夜に入りぬもろこし畑《ばた》の黄なる月の出

北原白秋『桐の花』

白秋のこの歌は、風景のみで詠まれていますが、病める児へのあたたかい眼差《まなざ》しが、鮮やかな日本の風景とともに詠み込まれています。ちなみに病める児は、白秋自身で、病弱だった幼少時代の体験を詠んだものとも言われています。逆説的ですが、秀歌には、ストレートには想いが詠み込まれていない歌がほとんどです。しかし、それはあえて一番伝えたい「想い」を読者に察してもらうように工夫されているからそう見えるだけで、裏には、強い想いが込められています。

いい歌ほど「うれしい」「悲しい」といった感情をストレートには表現しませんし、オチもつけないものです。**自分の言いたいことをあえて言わないからこそ、読者があれこれ想像できる余白が生まれるのです。そしてそれこそが短歌表現の本質なのです。**

コトハ このコーナーが始まってから、「月がきれいですね」と書かれたファンレターをやたらもらうようになったんですが……。

笹P 漱石《そうせき》作戦か。みんな対策していてエライなぁ。

Q.16

「悲しい」とか「うれしい」などの主観的な形容詞は書かないほうがいいと言われました。なぜですか？

A.

「悲しい」「うれしい」といった主観的な形容詞は便利なので、使いたくなる気持ちもわかりますが、「悲しい」と言われても、人類共通の記号のような「悲しい」に回収されてしまい、本人が感じた「悲しさ」は読者に伝わりません。**ひとことで「悲しい」と言っても、財布を落とした時の悲しみ、恋人にフラれた時の悲しみ、ペットを亡くした時の悲しみ、それぞれ違いますよね。**

たとえば、愛犬を亡くして悲しみにうちひしがれている人が、ブログか何かに、「愛犬が死んで悲しくて号泣した」と書いていたとします。「まぁそうなるよね」と同情こそしますが、そこに書かれた記号のような「悲しい」「号泣」では、本人が感じた深い悲しみは伝わってこないのです。ペットを亡くした飼い主の歌で、心に沁《し》みたものをご紹介します。

階段をはづみてのぼり来るときに首輪の鈴は鳴りたるものを

小池《こいけ》光《ひかる》『梨の花』

すきとほる秋の日差しに反射してひとつのこれるおまへの餌《ゑ》皿《ざら》　同

作者は、いつもなら鳴るはずの首輪の鈴が鳴らないことや、秋の日射しに反射する空っぽの餌皿を描くことで、愛猫を失った悲しみと喪失感を描くことに成功しています。どちらの歌にも「悲しい」という言葉は使われていませんが、深い悲しみがひしひしと伝わってきます。

このように、**自分が心を動かされた風景に気持ちを託すことによって、自分だけの「悲しい」を表現できる**のです。私も、かつて飼っていた愛犬やウズラを想って、こんな歌を詠みました。

もっともっと抱きしめておけばよかったと愛犬のいる夢から覚めて　笹 公人『終楽章』

八月の室外機のごと目尻からみず漏れ出ずる　ゼロを想えば　同

部屋隅に拾いしウズラのずっちゃんの干乾びた糞を捨てられずいる　同

ずっちゃんの棲みたる檻の銀色がベランダの床に錆びてゆく夏　同

Q.17

過去の体験は過去形で詠うものですか？

A.

基本的に、過去形で詠ったほうがいいと思います。短歌作品は、何の説明もなければ作者の近況として読まれる傾向があります。よって、結社などで、二十年以上前の出産の思い出を現在形で詠んで発表したために、最近出産をしたと思われて困惑したという話などよく耳にします。それでも、どうしても現在形で詠みたい場合は、「一九九八年・夏」などと詞書《ことばがき》を入れて、**回想のドキュメントであることを暗に知らせる**ことをお勧めします。連作の場合は、過去の回想であることがわかる連作タイトルを付けたり、連作の冒頭に、状況がわかる歌を置くなどの工夫をすることをお勧めします。小池光さんの次の歌は、四十年くらい前の幼かった頃の娘たちを詠んだものです。

砂糖パンほんとおいしいと川のほとり草の上こゑを揃へて言ひき　小池 光『思川《おもひがは》の岸辺』

泣ける歌として話題になった歌ですが、この歌だけを独立させて読むと、現在のお孫さんを詠んだ歌として読まれる可能性があります。そう読まれないように、作者は、一読して過去の回想であることがわかる次の歌を連作の冒頭に置いています。

一枚の食パンに白い砂糖のせ食べたことあり志野二歳夏五歳のころ　同

コトハ　高齢になってから短歌を始めた人が、若き日の恋を詠いたいと思うケースもあると思うんですけど、現在形で詠むほうが臨場感が出ると思いませんか？　そういう場合もやはり詞書で解決ですか？

笹P　そうだね。あるいは、「この連作は、すべて二十代の頃の回想です」と注意書きするとかね。あの「大怪物」と呼ばれた宗教家の出口《でぐち》王仁三郎《おにさぶろう》も六十代のときに、このような歌を詠んでいます。

まれに逢ふ七夕星のそれならで及びもつかぬ恋もするかな　出口王仁三郎『王仁三郎歌集』

世の中の恋てふものをすて去れば人は岩木と変《かは》らざるべし　同

笹P　王仁三郎は、「過去の恋です」とか特に言ってないけどね（笑）。大物は気にしないんだ。私は、高齢者の恋の歌を弘《ひろ》兼《かね》憲《けん》史《し》先生の名作コミック『黄昏流星群』にちなんで、TRT（黄昏流星短歌）と呼んで推奨しています。恋は若者の特権ではありません。

Q.18 歌人をめざすにあたって、追求するテーマを決めたほうがいいでしょうか？

A. 一つのテーマを追求している歌人もいますが、特にテーマを決めていない歌人も大勢います。どちらがいいというものではありません。ただ、このテーマはまだ短歌で詠まれていないだろうと、**空いた席を狙っていく感じのやり方はお勧めできません。**自分が本当に好きなテーマでなければ、すぐに飽きるでしょうし、テーマに対しても失礼です。

私の場合、お笑いやオカルトやSFが好きで、そういった趣味嗜好が自然と作品に滲《にじ》み出てしまった結果、「お笑い短歌」「オカルト短歌」「SF短歌」などと呼ばれることもありました。有名なところでは、「吉野」といえば前登志夫《まえとしお》さん、「農業」といえば時田則雄《ときたのりお》さんという風に、テーマが代名詞のようになっている歌人もいます。おそらくみなさん、それを詠わずにはいられなかったり、それが好きでたまらなかったりで、自然に歌になった結果、いつのまにか短歌人生のテーマになっていったのだと思います。

仮にテーマを決めたとしても、**そのテーマで詠い尽くしたと思ったら、また次の方向に進むのもあり**

でしょう。肩肘張らずに作歌を楽しみましょう。先にあげた歌人の代表作を紹介します。

暗《くら》道《みち》のわれの歩みにまつはれる螢ありわれはいかなる河か　前 登志夫『子午線の繭』

トレーラーに千個の南瓜《かぼちゃ》と妻を積み霧に濡れつつ野をもどりきぬ　時田則雄『北方論』

田《た》村《むら》元《はじめ》さんは、サラリーマン短歌というジャンルを確立しつつあり、注目しています。

サラリーマン向きではないと思ひをりみーんな思ひをり赤い月見て

その間《あひ》に海老フライ二尾横たへて男ふたりの短き午餐　田村元『北二十二条西七丁目』

もちろん、自分が就いている職業をテーマにしている歌人も多いです。教師の染《そめ》野《の》さん、タクシー運転手の高《たか》山《やま》さん、アイドル時代の宮田さんの歌を紹介します。

「ファットとマンの間に・《てん》は要りますか」問われてしばし窓の外《と》を見る　染野太《た》朗《ろう》『あの日の海』

縁ありて品川駅まで客と行く第一京浜の夜景となりて　高山邦《くに》男《お》『インソムニア』

一人だし瞳《め》の中ちゃんとボカしたしそれでも訊かれる「この男だれ」　宮田愛萌

Q.19

笹先生と短歌の出会いとは?

A.

本格的に短歌に出合ったのは、十七歳のときでした。ちょうど寺山修司の没後十周年の記念イヤーで、にわかに寺山ブームが湧き起こっていました。書店で『寺山修司青春歌集』(角川文庫・KADOKAWA)をなにげなく手にとりました。文庫本をめくって、目に飛び込んできたのは、寺山後期の作品群でした。地獄・位牌《いはい》・念仏・亡霊……などの奇語ともいうべき言葉がちりばめられた、土俗的で不気味な物語性を感じる歌の数々でした。

新しき仏壇買ひに行きしまま行方不明のおとうとと鳥　寺山修司『田園に死す』

売りにゆく柱時計がふいに鳴る横抱きにして枯野ゆくとき　同

自分が求めていたものはこれだ! と思いました。幼少の頃《ころ》から妄想癖が激しかった私は、それを何らかの作品として昇華する方法を模索していたのです。掲出歌には、「おとうと」とありますが、寺山に弟

はいませんでした。それにより、**短歌はフィクションでもいいのだということに気づかされた**ことも大きかったです。それ以来、寺山の見よう見真似で歌を作り始めました。いちばん最初に作った歌を文芸雑誌の短歌コーナーに投稿したら、たまたま入選し、それ以降、ますます短歌にのめりこんでいきました。ちなみに最初に作った短歌はこちらです。

美しき湖の底にて瞑想にふけるは聖者か水死者か

「鳩よ！」（マガジンハウス）という雑誌で、福島泰樹《ふくしまやすき》先生が採ってくださいました。高校二年生の頃です。昔の短歌雑誌の投稿コーナーを見れば、ペンネームのものも含め、私の歌がたくさん載っていると思います。せっかくなのでもう一首歌集に収録していない歌を公開します。

「短歌」一九九八年九月号　公募短歌館　塚本邦雄《つかもとくにお》・選　「秀逸」

宇宙飛行士夢見る子らは回転す市営プールの水の中にて

すでに神話の中の人物のような存在感を放っていた塚本邦雄先生から「秀逸」に選んでいただけたのは光栄でしたが、自分の中ではピンとこない歌だったので内心は複雑でした。実際、『念力家族』にこの歌は収録していません。第一歌集『念力家族』を塚本先生に褒められたときは、何かミッションを達成した気持ちになりました。

教えて！ 笹先生
短歌のQ&A

2nd Stage
～中級編～

コトハ　先生、アイドル短歌の傑作が生まれました！

笹P　どれどれ？

ペンライトの蛍を川にして海にして私はそこに飛び込むからね　明星コトハ

笹P　「ペンライトの蛍《ほたる》」って何？

コトハ　客席にぽつぽつとペンライトが灯っていて、それがまるで蛍のように見えたんです。それを「ペンライトの蛍」と表現しました。

笹P　そうだったのか。蛍の形をしたペンライトがあるのかと思ったよ。そこは直喩で「ペンライトの蛍のような灯《あか》り」と表現したり、暗喩で「ペンライトの灯りは蛍」などと表現しよう。

次の「川にして海にして」も意味がわからない。

コトハ　これはだんだんファンが増えていって、蛍みたいにぽつんぽつんとしかなかったペンライトの灯りが、いずれは川みたいに大きくなって、やがては青い海みたいにしてやる！　そこへ私は飛び込むからね、という「売れてやる宣言」の歌です！

笹P　うーん、ちょっと情報量が多すぎるなぁ。短歌は三十一音しかないから、そんなにたくさんの情報を詰め込むことはできないんだ。

コンサート会場がペンライトの海になってる情景を描いて、いつかそこへ飛び込むんだっていう気持ちを詠めばうまくいきそうだな……。

ペンライトの海が波打つ武道館わたしは　そこへ
いつか　飛び込む　明星コトハ

コトハ　素敵！　この短歌をアクリルキーホルダーにして売ってもいいですか？

笹P　またそういう話を……。邪念が多いんだよ、君は！

Q.20 短歌ができないときはどうしたらいいでしょうか?

A. 目に映るものが新鮮に見えたとき、人の心は揺れ動きます。歌が生まれるのは、いつもそんな瞬間です。たとえば、旅の非日常体験から秀歌が生まれることは多いです。

とはいえ、短歌を作るためにわざわざ旅行をしていたら大変ですから、そんなときは、**電車で知らない駅に降りることをお勧めします。**初めて見る町の風景は新鮮で、ちょっとした旅気分を味わうことができます。実際、この方法でスランプを克服するという歌人は多いようです。ぜひ試してみてください。こういうささやかな驚きにも出会えるかもしれません。

泥のごと暮れ果てにける坂降りて〈土器《かわらけ》町《まち》〉にいきなり出会ふ
今野《こんの》寿美《すみ》『花絆』

乗越しし駅のベンチに何するとなく憩へれば旅のごとしよ
高野《たかの》公彦《きみひこ》『汽水の光』

Q.21

「何が言いたいのかわからない歌」と言われることが多いです。そうならないためには、どうしたらよいでしょうか？

A.

おそらく**歌に込めた情報量が多すぎる**のだと思います。小学生の作文などで「朝起きて、顔を洗って、パンを食べて、歯を磨いて、トイレに行って……」という具合に学校に行くまでの行動をすべて書こうとしているものが見られますが、初心者の短歌にも、この状態に陥っているものが多いです。おそらく、二首、三首に分けるべき情報量をむりやり一首に閉じ込めようとしているのではないでしょうか。短歌という短い詩形で現実の一切を言い尽くすことは不可能です。省略できるところは思い切って省略し、細かいところは読者の想像にまかせましょう。**言いたいことをシンプルに絞り、読者が想像できる余地、余白をあえて残す**ことが大切なのです。

コトハ　ヲタのみなさん、私の心も察してね♡

Q.22

作者の発見、気づきのある歌を作るコツは？

A.

ふだん目に留めないようなものに目を向けると、おもしろい発見の歌ができることが多いようです。

〈非常口《EXIT》〉明るき場所に逃げてゆくひとのあたまと胴つながらず

島田幸典《しまだゆきのり》『no news』

非常口を示す緑のランプに描かれた人の形。逃げてゆく人の頭部と胴体がつながっていない、という発見が詠まれています。実際に見てみると、たしかに逃げてゆく人には首がなく、頭部は宙に浮いていました。私のイメージの中では首があったので、事実にハッとさせられました。この歌によって、自分が日頃いかにものをちゃんと見ていないかを痛感しました。あのランプを見るたびに、思い出してしまいます。ちなみに、逃げる人の形（ピクトグラム）は日本人によってデザインされたものだそうです。

玄関に靴並びをりみどりごは抱かれくるゆゑまだ靴はなし

高野公彦『甘雨』

娘夫婦が孫（赤ちゃん）を連れて遊びに来たときの歌でしょう。来客は三人なのに、玄関には靴が二足しかない。なぜだろう？　そうか、赤ちゃんは抱っこされて移動するから、靴を履かなくてもいいのだ。この歌には、そんな鮮やかな発見が詠まれていて、謎解きをするような楽しさもあります。

カレンダーの隅24／31　分母の日に逢う約束がある

吉川《よしかわ》宏志《ひろし》「青蟬」

月末の三十日または三十一日が、第六週にあたる場合、23／30、24／31、このように記されます。たしかに分数のように見えます。その発見だけでもすごいのですが、作者は、さらに三十一日のデートを「分母の日に逢う約束がある」と言い換えています。なんて洒脱《しゃだつ》な歌でしょう。

ドアに鍵強くさしこむこの深さ人ならば死に至るふかさか

光森《みつもり》裕樹《ゆうき》『鈴を産むひばり』

言われてみればハッとさせられます。ドアの鍵をさしこむ度に、この歌を思い出してしまいそうです。

このように、**日常生活の中で見逃しがちなものの中にこそ、おもしろい歌の種は眠っている**ようです。

Q.23 空想や妄想で短歌を作るときに注意すべきことは？

A. **私の歌は、ほとんどが空想や妄想で詠まれたものです。**ほとんどの作品が空想や妄想でできている寺山修司の短歌に惹かれて作歌を始めたのですから、それも自然な流れだったと思います。

空想や妄想の歌を作るうえで注意すべき点は、性質上物語性が出やすいため、物語のあらすじになってしまいがちというところです。空想とはいえ、どこかに現実的な手触りがないと、他人には意味不明のふわふわとしたイメージスケッチに終わってしまいます。**空想や妄想であるからこそ細部にリアリティを持たせた表現にしたい**ところです。

私が好きな空想の歌をご紹介します。

亡き母の真赤な櫛で梳きやれば山鳩の羽毛抜けやまぬなり

寺山修司『田園に死す』

できすぎている風景なので、この歌を読んで、事実だと思う人はまずいないでしょう。

実際に山鳩《やまはと》を捕まえて羽根を梳《す》こうとしたら、そうとう大変だと思います。

亡き母の位牌の裏のわが指紋さみしくほぐれゆく夜ならむ
寺山修司『田園に死す』

子守唄義歯もて唄ひくれし母死して炉辺に義歯をのこせり
同

ちなみに寺山がこれらの歌を詠んだ当時、寺山の母親は存命中でした。すべてフィクションですが、母親に対する屈折した想いは本物で、それはおそらく現実的な風景で詠むより、毒々しい風景にしたほうがその想いが強く伝わるからという理由で空想の歌にしたのでしょう。

つばさもつ牛と闘《たたか》ひコスモスの涯《はて》まで往《ゆ》きしわれはなにゆゑ
水原紫苑『えぴすとれー』

はるか過去世の記憶でしょうか。漫画でいえば「ドラゴンボール」のような世界観で、作者のスケールの大きな空想に魅了されます。格調高い文体ゆえ、宇宙叙事詩的な雰囲気さえ漂わせています。しまいには自分がはるか過去世で見た風景にさえ思えてくるので、不思議です。この歌には、読者に有無を言わせぬ作者の本気が宿っています。空想の歌を作るなら、このくらいの覚悟と迫力を持って挑んでほしいです。そして、**空想や妄想の歌には、その人を形づくった様々な要素や作者の人生観が内包されていることが望ましい**です。

Q.24

映画やアニメをモチーフにして作ってもいいですか？

A. 映画やアニメのワンシーンをそのまま三十一音に当てはめ、短歌に焼き直したものは、単なる三十一音にまとめた「あらすじ」であり、短歌作品とは言い難いです。なぜなら、そこに作者の思いが込められていないからです。なので、アニメのキャラクターなどをモチーフにして歌を作るときは、**キャラクターになりきって、原作とは関係のないシチュエーションで心情を詠うなり、キャラクターの名前やセリフを拝借して、それらが背負っている世界観を自分が描こうとしている世界に引用する**という形が望ましいでしょう。

今日もまた渚カヲルが凍蝶の愛を語りに来る春である

黒瀬《くろせ》珂瀾《からん》『黒耀宮』

渚《なぎさ》カヲルとは、『新世紀エヴァンゲリオン』（庵野《あんの》秀明《ひであき》・原作、監督／GAINAX）に登場するミステリアスな美少年。謎めいた哲学的な発言が多いキャラクターゆえ、下の句の世界観と美しく響き合っています。

夕立に影深くなる部屋のなか「どうするルパン」と聞く男たち　吉川宏志『西行の肺』

作者は、おそらく「こんなときにルパンがいてくれたら」「相談できる頼もしい人がそばにいてくれたら」という心情をテレビで再放送されているアニメ『ルパン三世』のワンシーンに重ね合わせたのだと思います。上の句の短歌的な情景は、アニメに出てくる部屋でもあり、自分がいまいる部屋でもあるのでしょう。

泣きながらアンパンマンを呼んでゐる路上の幼だれも助けず　伊《い》藤《とう》一《かず》彦《ひこ》『言霊の風』

まだ現実とアニメの区別がつかない幼児が必死にアンパンマンに助けを求めている光景です。誘拐犯と間違われてはいけないと声をかけられずに戸惑っている周囲の大人たちの姿まで浮かんできます。現代ならではの光景です。

コトハ　『シン・短歌入門』の「シン」は、『シン・ゴジラ』『シン・エヴァンゲリオン劇場版』からとったんですよね？

笹P　バレたか！　庵野さんのシン・シリーズはどれも素晴らしいので、リスペクトを込めて使わせていただきました。庵野秀明監督にはこの場を借りて御礼申し上げます。

Q.25

社会的な事件を歌にする際の注意点はありますか？

A.

テレビのワイドショーなどで事件の断片的な情報を見て、わかった気になって通俗的な感想を歌にしても、いい歌にはならないでしょう。特に、海外で起きた事件など、テレビや新聞やネットで得た情報を基にして歌を詠むと、どうしても浅く、通俗的な感想になりがちです。なので、**情報そのものにとらわれず、テレビに映った一瞬の映像を切り取り、それを通して自分の想いを訴える**のがコツではないかと思います。

なぜ銃で兵士が人を撃つのかと子が問う何が起こるのか見よ

中《なか》川《がわ》佐《さ》和《わ》子《こ》『海に向く椅子』

この歌は、一九八九年の中国で起きた「第二次天《てん》安《あん》門《もん》事件」を詠んでいます。「天安門事件」として読まなくても通用する普遍性のある作品です。テレビの中で起きる不条理な出来事を対岸の火事にさせず、子に考えさせようとする親の気持ちに共感を覚えます。

囚はれのフセイン喉をさらすとき世界中から舌圧子迫る

栗木京子『けむり水晶』

拘束されたサダム・フセインの身体検査の様子を映した映像は、当時、世界に衝撃を与えました。そのとき兵士がフセインの口の中を検査している場面も映り、強い印象を与えました。その場面をすかさず歌にして、「舌圧子《ぜつあつし》」という検査器具を詠み込んだところが鋭く、時代を象徴する歌となりました。

立ち直るために瓦礫を人は掘る　広島でも長崎でもニューヨークでも

三枝昻之『農鳥』

アメリカ同時多発テロ事件（9・11）で崩壊したビルと瓦礫《がれき》を映した映像は、世界に衝撃を与えました。日本人である作者は、原爆を落とされて焼け野原となった広島、長崎の街を思い出したのでしょう。復興の第一歩は、瓦礫を掘ることから始まります。下の句の「でも」のリフレインに戦争の愚かさが強調されています。

私も「拉致事件」を題材に、こんな歌を作りました。

色褪せたピンク・レディーのポスターが少女の帰りを待っている部屋

笹　公人『抒情の奇妙な冒険』

横田《よこた》めぐみさんの部屋にピンク・レディーのポスターが貼られていたかどうかはわかりませんが、事件当時の流行を踏まえ、その頃の女子中学生の部屋をイメージして詠みました。

Q.26

芸能人の名前や流行語は歌にしないほうがいいと言われました。なぜでしょうか？

A. 芸能人の名前や流行語は賞味期限が短く、数年後には歌意がわからなくなることが多いので、そのことを懸念されているのでしょう。移り変わりの激しい芸能界。今はテレビにひっぱりだこでも五年もすれば大半の人は消えています。また、おとなしい清純派アイドルとして詠まれた少女が、二十年後には毒舌コメンテーターに変身していて、歌意がまったく通じなくなるなんてことも往々にしてあります。そのため、最初から芸能人の名前は歌に詠み込まないと決めている歌人も少なくないです。

しかし、私はその考えには反対の立場をとります。芸能人の名前や流行語がすぐに古くなるというのはわかりますが、実は、それ以外の**普遍的なもの、常識と思われていたことさえ、二、三十年もすると古くなって意味がわからなくなる場合が多い**からです。

インターネットやSNSの出現で、この二十年間で世界は激変しました。また、新型コロナウイルスの出現により、社会は恐ろしい勢いで変わっていっています。未来に残るかどうかという基準で、詠む対象を制限するのはもったいないことです。どんな固有名詞が残るかなど誰にも予想できないのですから、**いま詠みたいものを自由に詠んでほしい**と思います。

そんなあなたを勇気づけてくれそうな歌を並べます。

イナバウアー胸反らし見す曽《ひ》の孫の雲のほてりを残す柔肌　春日真木子《かすがまきこ》『水の夢』

ゆるきやらの群るるをみれば暗き世の百鬼夜行のあはれ滲める　馬場あき子『渾沌の鬱』

園バスに流行《はや》りの言葉満ちる秋「おっぱっぴー」と子が降りてくる　俵 万智『オレがマリオ』

「ペンパイナッポーアッポーペン」と唱へつつ五百羅漢のあたまを撫づる　小池 光『梨の花』

コトハ　私も今年の流行語で歌を作ってみようかな？　でも歌集が出る時には絶対古くなってるから、ちょっと恥ずかしいかも。

笹P　でも、そんなの関係ねぇ！　そんなの関係ねぇ！

コトハ　あ、私が赤ちゃんの頃流行ってたギャグだ。

Q.27 人名が入った歌を作る上での注意点を教えてください。

A. 人名の歌は、主に、自分（作者）と詠み込む人名との関わり（その人に憧れていた、その人の著書を愛読していた、等）や、人名にまつわるエピソードをモチーフにしたものが多いと思います。後者の場合、**「この人といえばアレ」というような定番のエピソード**が欲しいです。たとえば、ニュートンなら、「木から林《りん》檎《ご》が落ちたときに万有引力の法則を発見した」というエピソードがそれに当たるでしょう。

逆に、あえて偉人にまつわる誰も知らないようなトリビアルなエピソードを歌にして成功する場合もありますが、それは高度なテクニックを要するので、初心者にはあまりお勧めできません。

有名人にせよ一般人を詠み込むにせよ、誹《ひ》謗《ぼう》中傷は論外です。政治家などの公人を批判する歌は許容範囲ですが、それでも度を越えたものは詠まないほうがいいでしょう。誹謗中傷に対する見方が厳しくなっている昨今、深慮が必要です。

人名に限らず、歌を詠む際には、**詠む対象への敬意を忘れない**ようにしたいものです。

Q.28

短歌大会の題で悩んでいます。題詠のコツはありますか？

A. 題詠の正攻法は、ズバリ**「題」を自分の体験や思い出に引き寄せる**ことだと思います。題にまつわるエピソードが数年以内にない場合は、小学校の頃くらいまで記憶を遡ってみてください。きっと何かが見つかるはずです。

それでも、これといったおもしろいエピソードがないという場合は、**テーマで分けられた短歌のアンソロジーを読む**ことをお勧めします。たとえば、大会のテーマが「歯」だったとします。『角川現代短歌集成2　人生詠』（角川学芸出版）で「歯」の項目を見ると、二十五首もの歯の歌が並んでいます。これを読めば、題に対する様々なアプローチを知ることもできて参考になるでしょう。この本の「歯」の項目では、たとえばこんな歌が見つかりました。

桃よりも梨の歯ざはり愛するを時代は桃にちかき歯ざはり
荻《おぎ》原《はら》裕《ひろ》幸《ゆき》『甘藍派宣言』

抜けし歯のごとく炎天に投げ出されわがうつそみは歩きだしたり
渡《わた》辺《なべ》松《まつ》男《お》『寒気氾濫』

歯型にて本人確認するといふ歯はさびしくてそを磨きをり
大《おお》口《ぐち》玲《りょう》子《こ》『ひたかみ』

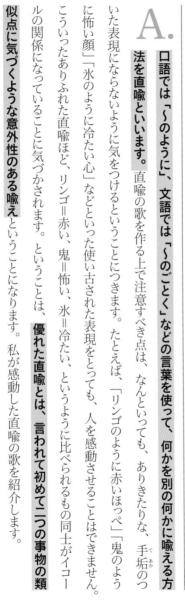

Q.29 比喩を考える時のコツや注意点はありますか？

A. **口語では「〜のように」、文語では「〜のごとく」などの言葉を使って、何かを別の何かに喩える方法を直喩といいます。**直喩の歌を作る上で注意すべき点は、なんといっても、ありきたりな、手垢《てあか》のついた表現にならないように気をつけるということにつきます。たとえば、「リンゴのように赤いほっぺ」「鬼のように怖い顔」「氷のように冷たい心」などといった使い古された表現をとっても、人を感動させることはできません。こういったありふれた直喩ほど、リンゴ＝赤い、鬼＝怖い、氷＝冷たい、というように比べられるもの同士がイコールの関係になっていることに気づかされます。ということは、**優れた直喩とは、言われて初めて二つの事物の類似点に気づくような意外性のある喩え**ということになります。私が感動した直喩の歌を紹介します。

クレーター見ゆる画面の月にしてその廃星のごとき清しさ

大塚《おおつか》寅《とら》彦《ひこ》『ガウディの月』

アポロ十一号が史上初めて月面に着陸したとき、テレビに映った月のクレーターを見て、大塚少年は「まるで滅びた星のようだ。そしてどこか清々《すがすが》しい」と思ったのでしょう。そう言われてみると、月は核戦争で滅んだ惑星で、クレーターは、ミサイルによってできた穴にも見えてきます。不思議な説得力のある斬新な直喩です。

折り紙のような衣を来てあゆむ狂言師あり朝冷えの廊　吉川宏志『曳舟』

狂言師がよく着ている、肩が尖《とが》った「肩衣《かたぎぬ》」を折り紙（おそらく「やっこさん」）に喩えています。上部が三角形に尖っている形状は、たしかに折り紙のようです。思いつきそうで思いつかない絶妙な直喩です。

私の師・岡井隆先生は、比喩の歌を作る上での心得をこんな風にまとめています。**「詩歌の比喩は、第一に新鮮で、第二に個性的で、第三に適度の意外性をもっていなければ駄目なようであります」**私はこれを座右の銘としています。

「ように」「ごとく」を使うと、いかにも比喩（直喩）であることが強調されるので、**さりげなく表現したい時などは「〜がに」「〜に似て」などの言葉に使うと効果的です。**

とんぼ来てとんぼ去りたる石ひとつしづかに白し神宿るがに　小島《こじま》ゆかり『獅子座流星群』

「神宿るごと」「神宿るように」とすることもできたはずですが、あえて「神宿るがに」を選んだ形跡が伺えます。この歌の荘厳で神秘的な内容には、「ごと」や「ように」よりも「がに」という響きがよく似合います。

つゆの夜やきつねうどんのよろしさは相合傘のよろしさに似て　池田《いけだ》はるみ『妣が国　大阪』

「よろしさのよう」では間延びした感じがありますし、「よろしさのごと」では音が硬くなってしまい、うどんのやわらかさや淡い恋心が伝わりにくいです。やはり「よろしさに似て」がベストチョイスだと思います。最近は、「みたいに」「みたいな」という比喩表現もよく見かけます。

歯磨きをしながら思い出している特上海鮮丼みたいな悪夢　田村穂隆《たむらほだか》『湖とファルセット』

ここでもうひとつの比喩「暗喩」について説明します。「ダイアモンドのような瞳」といえば**直喩**です。「瞳はダイアモンド」といえば松田聖子、否、**暗喩**です。「海のような女」といえば**直喩**です。「女は海」といえばジュディ・オング、否、**暗喩**です。

どちらも懐メロによる説明となってしまい恐縮ですが、**思い切って「ような」を外して暗喩にしたほうが、いい歌になる場合もあります。**

私の歌で説明します。父の介護でトイレに連れていった時の光景を詠んだ歌です。痩せ細って、百日紅《さるすべり》の木のような硬くてつるつるになった父の腕を「百日紅」に喩えようと思いました。しかし、「百日紅のような手首」とすると、ここで五・七の十二文字分を使ってしまいます。そうなると、言いたかった「小便が一滴も出なかった」という情報が入れられなくなることに気づきました。

百日紅のような手首を摑みつつトイレに行けど出ない小便

そこで、「百日紅のような手首」を「百日紅の手首」という暗喩に置き換えようと考えました。

百日紅の手首を摑みトイレまで行っても一滴も出ない小便

笹 公人『終楽章』

暗喩にしたことで、文字数が節約できた上に、迫力も出ました。

暗喩の歌として一番印象に残っているのは、師匠のこの歌です。

肺尖にひとつ昼顔の花燃ゆと告げんとしつつたわむ言葉は

岡井 隆『朝狩』

この歌が詠まれた昭和三十六年頃、岡井先生は結核の専門医でした。肺尖《はいせん》は肺の上部の円錐状に尖った部分で、そこに燃えている「昼顔の花」とは、レントゲン写真に写された肺結核の病巣の暗喩です。肺結核の病巣の画像をググったら、まさに昼顔の花が燃えている感じでした。作品の時代背景を理解していない十代の私には歯が立たず、「電撃ネットワーク」のような過激な芸人が、燃えている花を飲みこんで病院に送られ、それを呆れながら診察している医者の歌かな？ なんて思っていたので恥ずかしいです。

時には思い切って、直喩を暗喩に置き換えてみましょう。

Q.30

表現が紋切型だと言われました。紋切型とはどういうものを指しますか？ また、そこから脱するにはどうしたらよいでしょうか？

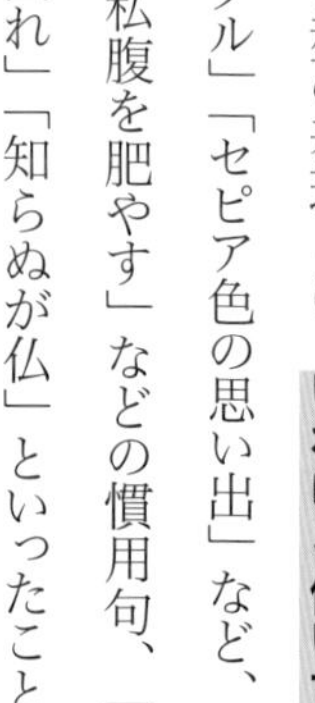

A.

先ほどの直喩の話と共通する話ですが、紋切型の表現とは、**いわゆる使い古された手垢のついた表現**です。「都会のジャングル」「セピア色の思い出」など、昔の歌謡曲で聞いたようなフレーズ、「苦渋の決断」「私腹を肥やす」などの慣用句、「一期一会」「捲土重来《けんどちょうらい》」といった四字熟語、「急がば回れ」「知らぬが仏」といったことわざなども含まれます。これらの言葉は最初に使われたときは、斬新な造語だったはずです。それがあまりにも魅力的だったため、いろんな人が真似をして使いだし、やがて後世まで使われるようになったのだと推測します。**詩歌の醍醐味《だいごみ》は、自分だけの言葉を探し求める作業にある**と思います。たった三十一音しかない短歌で、使い古された言葉を使うのは、作歌本来の楽しみを放棄しているといっても過言ではないでしょう。困難な道ではありますが、**紋切型の日常用語をできるだけ使わずに歌を作る**ことを心がけてみてください。

紋切型の正反対にある造語の歌を紹介します。

みちのくのとろろ食《た》べて正月の御馳走腹を浄めたりけり

高野公彦『地中銀河』

「御馳走腹《ごちそう》」が見事。毎年、正月明けは御馳走腹の解消を誓います（誓うだけですが）。

ああ五月、未来長者の若者にまじりてさわぐ過去長者われ

小島《こじま》ゆかり『雪麻呂』

「未来長者」「過去長者」という造語に、やられた！　と思いました。近年最も驚いた造語です。

造語ではなく、造商品名、造生物名、造施設名、架空の作品名などを考えるのも楽しいです。もはや私の作歌のモチベーションの一つといえるでしょう。

大きなる毬藻《まりも》が湯舟に浮いている「道産子銭湯」一度と行くまい

笹　公人『念力図鑑』

軒下で裸電球呑みくだすナショナルオオミミズをこのごろ見ない

『抒情の奇妙な冒険』

風邪の日に見ている教育番組のなるほどくんの「なるほど」過剰

『念力姫』

「百年は帰しませんよ」と微笑んだパブ竜宮のママのお歯黒

『終楽章』

縄文展ワクワク体験コーナーの団栗パンの列まばらなり

「ＮＨＫ短歌」二〇二一年六月号

Q.31 擬人法について教えてください。

A.

擬人法とは、人間以外のものを人間に見立てる修辞法です。「鳥が歌う」「風がささやく」「山が眠る」などの表現がそれに当たります。短歌では、自然を対象にしたものが多いです。

白菜が赤帯しめて店先にうっふんうっふん肩を並べる
俵 万智『サラダ記念日』

月光の訛《なま》りて降るとわれいへど誰も誰も信じてくれぬ
伊藤一彦『青の風土記』

さらに、人間とはかけ離れた物体もその対象となります。ディズニーアニメ映画『美女と野獣』で、人間の顔を持ったポットやコップや蠟燭《ろうそく》立てなどの生活雑貨が、いきいきと歌い踊るシーンを見た人も多いでしょう。

日本人は特に擬人化が得意で、日本最古の漫画といわれる絵巻物「鳥獣人物戯画」では、兎《うさぎ》・猿・

蛙《かえる》などが擬人化して描かれています。最近の人気漫画&アニメ『はたらく細胞』（清水茜《しみずあかね》・作／講談社／アニプレックス／david production）では、なんと人間の細胞まで擬人化しています。**もはや擬人化できないものなど宇宙には存在していない**といえるでしょう。

ちょっと変わった擬人法の歌を紹介します。

ガレージへトラックひとつ入らむとす少しためらひて入りて行きたり
斎藤茂吉《さいとうもきち》『暁紅』

トラックがバックで車庫入れする場面が詠まれています。「少したためらひて」という表現により、まるでトラックそのものに知能や人の心があるかのように思えてきます。

燈台はさぶしき隻眼《ひとつめ》巨人にてただ夜《よ》の海の来し方のぞむ
大塚寅彦『夢何有郷《むかうきやう》』

灯台を隻眼巨人に見立てています。夜の海を強い光で照らすライトを見て、まるで隻眼巨人の瞳だと思ったのでしょう。大海原に一人ぽつんと立っているだけに、初句の「さぶしき」にも説得力があります。擬人化というより、擬妖怪化というべきかもしれません。

Q.32 句切れによって作品の印象は変わりますか？

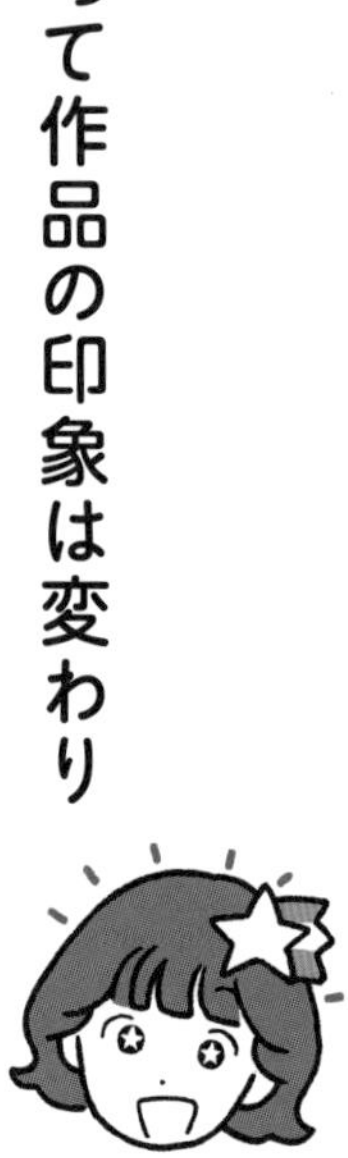

A.

句切れとは、**最初の五音で切れるものを「初句切れ」**、**五・七で切れるものを「二句切れ」**、**五・七・五で切れるものを「三句切れ」**、**五・七・五・七で切れるものを「四句切れ」**といいます。どこにも句切れがない**「句切れなし」**の歌もあります。句切れの位置によって作品の印象は変わってきます。句切れを知ることで、内容にふさわしい形の歌にすることができたり、推敲《すいこう》や鑑賞したりする際などにも役に立ちます。それぞれの句切れの作品を紹介します。

〈初句切れ〉

ああ夕陽　明日のジョーの明日さえすでにはるけき昨日とならば

藤《ふじ》原《わら》龍《りゅう》一《いち》郎《ろう》『夢見る頃を過ぎても』

令和の世となり、『あしたのジョー』（梶原一騎《かじわらいっき》・原作／ちばてつや・画）や梶原一騎を知らない若者も増え、この歌にますます説得力が生まれています。**初句切れは、初句に心の叫びが表現される場合が多い**です。

本歌は一字空けにより、エコーのような効果を生んでいます。

とはいえ、わざわざ一字空けにする必要はありません。次の歌も初句切れの名歌です。

ああ接吻《くちづけ》海そのままに日は行かず鳥翔《ま》ひながら死せ果《う》てよいま　若山牧水《わかやまぼくすい》『海の声』

接吻した瞬間を永遠にしたくて、時間よ止まれ！　そして、鳥も飛びながら死ね！　と命令しています。

明治時代の男が、そんなことを言ったインパクトは相当なものだったはずです。牧水のこの時の恋は悲恋に終わりましたが、ある意味、牧水の願い通り、この歌は「究極の相聞歌」として永遠の命を得ました。

ちなみに私は、この歌をスポーツ漫画『エースをねらえ！』（山本鈴美香《やまもとすずみか》・作）で知りました。

〈二句切れ〉

何度でも夏は眩しい僕たちのすべてが書き出しの一行目　近江《おおみ》瞬《しゅん》『飛び散れ、水たち』

二句切れは、**二句までに作者の達観が呟《つぶや》かれたものが多い**です。**いわゆる「五七調」とも呼ばれています。**

掲出歌の場合、「何度でも夏は眩《まぶ》しい」という言い切りによって、怖いもの知らずの若さが表現されています。

短歌史上もっとも有名な二句切れの歌はこの歌でしょう。

白鳥《しらとり》は哀《かな》しからずや空の青海のあをにも染まずただよふ

若山牧水『海の声』

〈三句切れ〉

サンダルの青踏みしめて立つわたし銀河を産んだように涼しい

大滝《おおたき》和子《かずこ》『銀河を産んだように』

百人一首にも多く見られる最もオーソドックスな形です。本歌の下の句のモノローグを読んだときの衝撃はいまでも覚えています。国生み神話のようなスケールの大きすぎる比喩で「涼しい」という体感を表現したところが、まずもって尋常ではありません。短歌って凄《すご》いと思わせてくれた一首です。

上の句と下の句でくっきり分かれる三句切れ上下二句仕立ての歌は、初心者には特にお勧めです。

単三の電池をつめて聴きゐたり海ほろぶとき陸《くが》も亡びむ

岡井 隆『五重奏のヴィオラ』

〈四句切れ〉

「ゆるす」というたった3文字のパスワード忘れていたね　朝焼けの窓

笹　公人『念力レストラン』

四句切れは、**結句（第五句）の前で一拍おくことで、しみじみとした余韻を生んだり、視点を変えたりする効果**があります。掲出歌の場合、カメラでいうところのクローズアップの効果を狙っています。

冬眠を忘れし亀は薄き陽に薄き目を閉ず阿《あ》毘《び》羅《ら》吽《うん》欠《けん》

永《なが》田《た》和《かず》宏《ひろ》『後の日々』

第五句でいきなり来る大《だい》日《にち》如《にょ》来《らい》真《しん》言《ごん》にびっくりします。第四句までの情景と相まって、何か宇宙の深奥に迫るかのような凄みを感じる一首です。

Q.33

動詞の数は少なくといわれました。なぜですか？

A. いわゆる秀歌と呼ばれる歌にある動詞は、平均三つに満たないようです。**動詞が三つ以上あると、必然的に、散文的・説明的な歌になりがち**です。動詞が多いときは、言いたいことを一つに絞ってみたり、省略できる言葉がないかチェックしてみましょう。**近代の名歌には、動詞が二つしかないものが多い**です。

寂しさに海を覗けばあはれあはれ章魚《たこ》逃げてゆく真昼の光

北原白秋『雲母集』

この歌にある動詞は、「覗《のぞ》けば」と「逃げて」のみです。ちなみに、**動詞が一つしかない名歌・秀歌もたくさんあります。**この有名な青春短歌の動詞もたった一つ、結句の「せよ」のみです。

あの夏の数かぎりなきそしてまたたつた一つの表情をせよ

小野茂樹《おのしげき》『羊雲離散』

こちらも青春短歌の名作ですが、よく見ると動詞が一つもありません。

追憶のもつとも明るきひとつにてま夏弟のドルフィンキック

今野寿美『花絆』

Q.34

一首の中に体言止めが二つあってもいいですか？

A.

短歌における体言止めは、歌舞伎でいえば「見得を切った」時のように、インパクトと深い余韻を与えることができます。それだけに、一首の中に二つもあると、読者はどちらに注目したらいいのかわからなくなってしまいます。要するに、**歌の見せ場が二つもあると、重量オーバーで歌のバランスが悪くなり、せっかくの効果も相殺されてしまう**のです。具体例を挙げます。

ごろごろところがしていた石の貨幣　君に届けた前前前……世

ごろごろと石の貨幣をころがして君に届けた前前前……世

笹　公人『念力恋愛』

推敲前の歌では、「貨幣」と「前前前……世」と二つ体言止めを使ったために、どちらを伝えたいのかわからなくなってしまいました。この歌は、下の句が一番の見せ場なので、「前前前……世」に重心をかけなくてはなりません。語順を変え、「ころがして」という動詞で下の句につなげると、「前前前……世」に重心がかかり、見せ場が定まります。推敲の際、ぜひ意識してみてください。

Q.35

短歌の倒置法にはどんな効果がありますか？

A. 倒置法とは、**言葉の順番を通常とは逆にすることで、一番言いたいことを強調したり、余韻を残す方法**です。たとえば、「祭りのあとは寂しいね」と言われるより、「寂しいね、祭りのあとは」と言われたほうが、より寂しさを感じたり、書かれていない「……」のような余韻を感じませんか？　語順を逆にすることによって、一番言いたい「寂しさ」が強調された上に、余韻まで残るのです。

おとうとよ忘るるなかれ天翔ける鳥たちおもき内臓もつを

伊藤一彦『瞑鳥記』

倒置法が使われた名歌です。これをもし通常の語順「天翔ける鳥たちおもき内臓もつをおとうとよ忘るるなかれ」にしたら、だらだらとした印象になり、ある種の説教臭ささえ出てきてしまいます。「おとうとよ忘るるなかれ」という命令文を上の句に持ってきたことにより、イメージが鮮明となり、詩的表現に昇華されました。そして、「もつを」の言いさしによってさらなる余韻が生まれました。

いちまいのガーゼのごとき風たちてつつまれやすし傷待つ胸は　小池 光『バルサの翼』

通常の語順であれば、「傷待つ胸はつつまれやすし」となりますが、逆にすることによって、詩の核にあたる「傷待つ胸」が強調され、「胸は」の言いさしにより余韻が生まれました。

終バスにふたりは眠る紫の〈降りますランプ〉に取り囲まれて　穂《ほ》村《むら》弘《ひろし》『シンジケート』

平成以降の倒置法の名歌といえば、この歌でしょう。もし、

紫の〈降りますランプ〉に囲まれて最終バスにふたりは眠る

としたら、〈降りますランプ〉が設置されたバス全体に目がいってしまいます。これだと余韻がなく、ロマンティックなムードが半減してしまいます。倒置法にしたことで、〈降りますランプ〉に囲まれるふたりにフォーカスが合わされたのです。

コトハ　私は輝く。舞台の上で

教えて！ 笹先生
短歌のQ&A

3rd Stage
～上級編～

コトハ　先生、こんなにたくさんの新聞・雑誌に入選しました！「短歌アイドル」なんて書かれることも多くなりました！　先生のおかげです！

笹P　お、いい感じだね。たしかに歌に疵《きず》がなくなってきて、どの歌も入選レベルにはある。でも、なんで選者によって作風が違うの？

コトハ　選者に合わせて作風を変えてるからです。器用でしょ？

笹P　それはよくないなぁ……。気持ちはわかるけどね。でも、そういう人は長い目で見ると残らないんだ。

コトハ　なぜですか？

笹P　そういう人は、時代の流行にも合わせて歌を作るだろうから。

　自分が本当に詠みたいものを詠わないかぎり、人の心を打つことは難しい。短歌の世界には、器用にうまい歌を作れるだけの人なら掃いて捨てるほどいるんだ。これはあらゆる芸術芸能ジャンルに共通する話で、各ジャンルのトップの人たちも同じことを言ってたよ。だから、流行りとかに流されず、コトハちゃんが本当に詠みたい世界を詠んでほしい。

コトハ　実は……自分らしくない歌を作って入選しても、あんまりうれしくなかったんです。そういう理由だったんですね。

　アイドル活動では気をつけていたことだったのに、短歌になると、なんで気づかなかったんだろ……。

笹P　コトハちゃんには現役アイドルにしか詠めない世界を詠み続けていってほしい。そして、短歌で培った表現力をアイドル活動に活かしていってください。

コトハ　はい、がんばります!!

笹P　（ペンライトの海を前に熱唱するコトハちゃんの姿が浮かんだけど、これはまだ言わずにおこう）

Q.36

リフレインって何ですか？

A.

リフレインは、**歌や詩、文章の同じ語句を繰り返す表現**をいいます。言葉の持つ意味を強調したり、リズムを整える効果があります。そもそも短歌の発祥とされるスサノオノミコトの八雲神歌がリフレインを多用した歌です。

八《や》雲《くも》立つ出《い》雲《づも》八《や》重《へ》垣《がき》妻《つま》籠《ご》みに八重垣作るその八重垣を

スサノオノミコト『古事記』

そして、このリフレインは意図的なものです。歌の核の部分である「妻籠みに」における、新妻を守ろうとする想いを強力にするために、意図的に「八重垣」を三度も繰り返しているのです。古代の歌人は、リフレインによる音楽性、枕詞、掛詞、縁語等の短歌的レトリックを駆使し、歌に言《こと》霊《だま》を宿らせていたのです。**名歌・秀歌と呼ばれる歌にリフレインの歌が多い**ことを考えると、いまなお有効であると言えるでしょう。

なんでもない会話なんでもない笑顔なんでもないからふるさとが好き

俵 万智『サラダ記念日』

「なんでもない」が三回も繰り返されることで、なんでもないありふれた日常こそが、素晴らしくて尊いのだという作者の想いがひときわ強く伝わってきます。年齢を重ねるごとに共感が深まっていく歌です。

リフレインの歌をあれこれ言葉で説明するのは野暮な気がします。ブルース・リーの名言「考えるな、感じろ」ではありませんが、読者はただ、**音を楽しむとともに、リフレインの間にある核となる言葉を虚心に受け止める**のが正しい鑑賞法ではないかと思っています。

私が好きなリフレインの歌です。

ごろすけほう心ほほけてごろすけほうしんじついとしいごろすけほう

岡野《おかの》弘彦《ひろひこ》『飛天』

ねむいねむい廊下がねむい風がねむい　ねむいねむいと肺がつぶやく

永田《ながた》和宏《かずひろ》『饗庭』

えーえんとくちからえーえんとくちから永遠解く力を下さい

笹井《ささい》宏之《ひろゆき》『ひとさらい』

おまへを揺らしながらおまへの歌を作るおまへにひとりだけの男親

大松《おおまつ》達知《たつはる》『ゆりかごのうた』

ウォーターリリーこんなしづかな戦場がここにウォーターリリーの姿に咲いて

川野《かわの》里子《さとこ》『ウォーターリリー』

Q.37

カルチャー教室で、「歌にオチをつけるな」と注意されました。具体的な参考例がありましたら教えてください。

A.

日のくれに帰れる犬の身顫ひて遠き砂漠の砂撒き散らす

大西《おおにし》民子《たみこ》『花溢れゐき』

放し飼いにして飼っていた犬（昭和三十～四十年代は放し飼いで犬を飼うことも多かったようです）が、夕方頃に帰宅し、公園の砂場の砂とは明らかに違う砂を全身から撒《ま》き散らしたという歌意です。作者は、「この犬、エジプトにでもテレポートしていたのか？」と驚いたことでしょう。たとえば、この歌にオチをつけて改悪してみます。

テレポートにて帰れる犬の身顫ひて遠き砂漠の砂撒き散らす

このように、「テレポート」とオチをつけて（答えを言ってしまう）しまうと、歌に余白の部分がなくなります。読者の頭の中で「この犬、エジプトあたりにテレポーテーションしていたのかな？」と思わせることが重要なのです。あえて、一番言いたい「テレポート」の部分を言わないことで余白が生まれるのです。言い換えるならば、**「あえて謎を残す」のが大事**ということです。

もう一首、有名な歌で説明します。

俵万智さんの第一歌集『サラダ記念日』がベストセラー街道を突き進み、社会現象となっていた一九八七年、『男たちのサラダ記念日』という『サラダ記念日』の返歌という体裁をとったアマチュアによる便乗本が出版されました。

砂浜のランチついに手つかずの卵サンドが気になっている

俵 万智『サラダ記念日』

この歌の返歌がこちら。

難しい料理は一つも作れないだけどお前の煮ものはウマイ！

サラダ倶楽部（男たち）『男たちのサラダ記念日』

この二首の違いがわかりますか？

この二首の間に存在する深い隔たりは、詩と散文の違いといってもいいと思います。

俵さんの卵サンドの歌は、なぜ卵サンドが手つかずになったのかという理由が書かれていません。**読者に理由を想像させるために、その部分はあえて書かなかった**のです。だからこそ読者は、「卵サンドに砂がついたのかな？」とか「恋人同士で譲り合ったのかな？」などといろいろな想像ができるわけです。

それに対する、男たちによる返歌は、「難しい料理は一つも作れないおまえだが、煮物だけは上手だ」という内容で、そこには謎も何もありません。要するに、言いたいことを全部言ってしまっているので、ここに書かれていること以上のことが何一つ伝わってこないのです。余白がない歌、余韻がない歌とは、こういう歌のことを言います。**ただ三十一音に当てはまっているだけの言葉を詩とは言えません。**

しかし、いつの時代も初心者は、こんな感じの歌を作りがちです。思い当たる人も気にする必要はありません。本書をきっかけに、少しずつ詩に近づいていきましょう。

Q.38 短歌教室で、歌の言葉がゴツゴツしていると言われました。直す方法はありますか？

A. おそらく歌に漢語が多かったり、濁音が多かったりするのではないでしょうか？ **基本的に短歌は、漢語を大和言葉に変換すると自然と美しくやわらかい響きになります。**

大和言葉とは日本固有の言葉です。たとえば、「山脈」という言葉を「さんみゃく」と読めば漢語になりますが、「やまなみ」と読めば大和言葉になります。「山脈」に「山脈《やまなみ》」とルビを振るだけでも歌がやわらかくなります。また、作品中に「が」や「で」などの濁音が多い場合もゴツゴツした印象を与えてしまいます。**「が」や「で」などの濁音は、可能なかぎり「の」や「に」に変える**ことをお勧めします。**漢字をひらがなに変えるだけでも、見た目の印象がやわらかくなります。**大和言葉のみで詠まれた秀歌を紹介します。

見つめゐて何のはづみか逸《そ》らしたるつかの間に消ゆ　ほたるほうたる

秋山《あきやま》佐和子《さわこ》『半夏生』

Q.39

おもしろいオノマトペの歌を作るには？

A.

オノマトペとは、擬音語、擬態語のことです。

犬が「ワンワン」吠える、雨が「ざあざあ」降る、というような実際の音を真似ているものが擬音語。「ふわふわ」した雲。星が「キラキラ」している。建物が「グラグラ」揺れる。などの状態や動作をあらわしたものを擬態語といいます。

おもしろいオノマトペの歌を作るコツは、**とにかくありきたりな手垢《てあか》のついたものを避ける**ということに尽きます。先にあげた、「雨がざあざあ降る」などの定番のオノマトペなら書かないほうがいいくらいです。読者は、見たこともないような新鮮なオノマトペを求めています。私が魅力を感じたオノマトペの歌を紹介します。

サキサキとセロリ噛みいてあどけなき汝《なれ》を愛する理由はいらず

佐佐木幸綱『男魂歌』

無邪気にいい音を立ててセロリを食べている恋人を見て導き出された下の句のモノローグに共感を覚えます。「サキサキ」という斬新なオノマトペは、野菜の新鮮さとふたりの若さの二つにかかっているかのようです。もしもサラダを表現するときの定番のオノマトペである「シャキシャキ」にしていたら、この絶妙に初々しい雰囲気は表現できなかったでしょう。また、「ボリボリ」などとしていたら、熟年夫婦の歌として読まれてしまうかもしれません。

べくべからべくべかりべしべきべけれすずかけ並木来る鼓笛隊　永井陽子『楠の木のうた』

古文の授業で暗唱した古語の助動詞「べし」の活用形の変化を鼓笛隊が過ぎてゆく音になぞらえた一首です。

このように**一見、何の関係もなさそうな言葉をオノマトペとして使うと、斬新なオノマトペの歌になることもある**ようです。

ろうすくう、ろうすくうると啼きながら飛び立つ鳩の群れに混じりぬ　中沢直人《なかざわなおと》『極圏の光』

作者はアメリカの法科大学院（ロースクール）で学んでいました。「ロースクール」という言葉を鳩の鳴き声になぞらえているところが独特で、遊び心が感じられます。

カーテンのレースは冷えて弟がはぷすぶるぐ、とくしやみする秋　石川《いしかわ》美南《みな》『砂の降る教室』

「はぷすぶるぐ」（ハプスブルク）は、かつてヨーロッパで権勢を誇った王家の名前。小さい男の子のくしゃみは、たしかにそんな音に聞こえます。

地下書庫の扉を押せば古い闇がガガーリンと音たてて閉まりぬ　鈴木《すずき》加成太《かなた》『うすがみの銀河』

若手歌人にもオノマトペの名手があらわれました。ガガーリンは、「地球は青かった」の名言でおなじみ、人類で初めて宇宙飛行に成功した旧ソビエト連邦（現在のロシア）の宇宙飛行士の名前。その名前を地下倉庫の重い扉が閉まる音のオノマトペとして使用しています。

落葉園まぶしき昼を歩みゆけばsacrificeといふ音《おん》を踏む　同

パリパリになった枯れ葉を踏んだときは、たしかにそんな音が聴こえそうです。sacrifice《サクリファイス》は「犠牲」という意味。踏まれて粉々になる枯れ葉と掛けているのかもしれません。結句の「音《おん》を踏む」という表現も新しいです。

Q.40

孫を詠うときに気をつけることはありますか？

A.

ひと昔前、「孫」という演歌の曲が大ヒットしました。とにかく孫が可愛《かわい》くて仕方ないという内容の歌でした。演歌や歌謡曲の歌詞は、歌声やメロディーの魅力も加わるので、ベタなフレーズであってもあまり気にならないものですが、歌声もメロディーもつかない短歌は、そうはいきません。言葉だけで勝負しなくてはならないからです。ただ盲目的に孫が可愛いと言っているだけの内容の短歌では、「でしょうね。だから？」という感想しか持たれないのです。よって、孫を詠む際には、**感情に流されない客観的な視点や冷静さ**を持つことが重要となります。

ぷにょぷにょのほっぺをそっとさはりたりウザイといはるる日はすぐにくる

吉田周子「ラジオ文芸選評」二〇二〇年七月十一日放送「触」入選歌

せがれの子の二人童子をうち払ひ威風そよがせ厠に向かふ

島田修三『露台亭夜曲』

Q.41

枕詞の効能を教えてください。

A.

枕詞は、**ある特定の言葉の上に置く五音以下の言葉**です。もともとは、神や地名を褒めたたえる詞章《ししょう》が枕詞の原型であったという説が有力です。たとえば、「ちはやぶる」は、「神」や「宇治」にかかります。「あしひきの」は、「山」や「山鳥」などにかかります。「ぬばたまの」は、「夜」「黒」「髪」などにかかります。「ぬばたま」の語源は、射干玉《ぬばたま》（ヒオウギの実）で、それが黒いことから「夜」などにかかります。実際に、射干玉を見たことがある人は少ないでしょうから、実感するのは難しいです。しかし、**枕詞には、呪文のような響きを持つものが多く、歌に神秘性を与える効果がある**と思います。現代では、ほとんど使われませんが、ときどき効果的な使い方をして、枕詞の魅力を甦らせる歌人がいます。

なめらかな肌だったっけ若草の妻ときめてたかもしれぬ掌《て》は

佐佐木幸綱『群黎』

「若草の」は、「妻」「新《にい》」「妹」などにかかる枕詞です。

九〇年代は、枕詞をパロディ的に扱う歌が流行しました。

黄砂ふる朝に『魔王』を届け来るそらみつヤマト宅急便は　大辻《おおつじ》隆弘《たかひろ》『抱擁韻』

「そらみつ」は、「やまと」にかかる枕詞です。伝承から成る神がかった枕詞が、宅配便会社にかかるところがおもしろく、イメージに広がりを与えています。しかも届けられるのが塚本邦雄の歌集であるところも心憎いです。その塚本邦雄にも枕詞をパロディにした歌があります。

いふほどもなき夕映にあしひきの山川呉服店かがやきつ　塚本邦雄『詩歌變』

ちなみに私も「あしひきの山《やま》下《した》清《きよし》」「飛ぶ鳥のＣＨＡＧＥ＆ＡＳＫＡ《チャゲアンドアスカ》」などという枕詞をパロディにした短歌を作ったことがあります。これらの作品に対して眉を顰《ひそ》める向きもあるかもしれませんが、**たとえパロディであろうと、絶滅寸前の和歌の技法を次の世代に継承することのほうが大事**ではないかと思っています。

Q.42

本歌取りをする際のルールはありますか?

A. 本歌取《ほんかど》りは、和歌の技法の一つですが、判定するのが難しいところがあります。それが純粋な引用なのか、盗用にあたるのかというきわどい問題を孕《はら》んでいるからです。

まずは、本歌取りを理論づけたといわれる藤原定家の『詠歌大概《えいかたいがい》』から、本歌取りの定義を大まかに説明します。

① ここ七、八十年の歌からは取ってはいけない

② 取っていい分量は、五句の中、二句まで

③ 本歌と同じ主題の歌を詠んではならない

この三つのルールから成り立っています。

当然、元歌は周知の歌でなければなりません。①ですが、七、八十年となると、新しくてもせいぜい近代短歌の名歌くらいしか取れなくなってしまうので、『サラダ記念日』（一九八七年）くらいまではOKにしてもいいのではないかと個人的には思っています。ただし、周知の歌となると、相当限られてくるとは思いますが。**友人が詠んだ最近の歌などを無断で本歌取りしたら、盗作と思われトラブルに発展する恐れもある**ので、気をつけましょう。

現代短歌における本歌取りの歌を元歌と並べて紹介します。

ぐんぐんと田打《たうち》をしたれ顳顬《こめかみ》は非常に早く動きけるかも　結城《ゆうき》哀草果《あいそうか》『山麓』

ケータイでメール打つ子の親指は非常に早く動きけるかも　小島ゆかり『憂春』

哀草果の歌は、鍬《くわ》で田んぼを打って（耕して）いるときの光景。小島さんの歌は、娘が携帯でメールを打っている光景です。

共通する「打つ」という言葉から連想して本歌取りしたのでしょう。泥にまみれた農作業と、デジタルを駆使した暇つぶしという両極にあるものの対比が鮮やかです。貧しさと豊かさ、昭和初期の東北と平成の東京という真逆のものが対比されていて、何か考えさせられるものがあります。まったく同じ下の句で新しい詩世界を生んだ小島作品はマジカルな楽しさもあり、本歌取りのお手本のような歌です。

Q.43

縁語とは何ですか？

A. 「縁語《えんご》」とは、**一首の中のキーとなる語と密接な関係にある語を連想的に二つ以上用いる和歌の技法**です。たとえば、

青柳の糸よりかくる春しもぞみだれて花のほころびにける

紀《きの》貫之《つらゆき》『古今和歌集』

では、「よる（撚る）」「かく（掻く）」「はる（春・張る）」「みだる（乱る）」「ほころぶ（綻ぶ）」が「糸」の縁語となります。こういった和歌特有の超絶技巧による縁語は滅びましたが、現代短歌における縁語は、どちらかというと**連想語といった方が正しいようなものが多く、スパイス的に使われることが多い**ようです。

私の場合は、推敲の際に、連想する語を思いついて、縁語にすることが多いです。

ドラクエのコスプレ姿の旧友を無視して過ぎる冬の交差点

たとえばこの拙歌を改作してみます。「ドラクエ」は、大ブームを巻き起こしたファミコンソフト「ドラゴンクエスト」の略です。交差点をファミコンの十字キーにかけて「十字路」にしようと思いました。さらには、十字架にもかかるので、ドラクエの魔法使いのイメージにも当てはまります。

ドラクエのコスプレ姿の旧友を無視して過ぎる冬の十字路　　笹 公人『抒情の奇妙な冒険』

「交差点」を「十字路」に変えることで、「ファミコンの十字キー」と「魔法使いの十字架」の二つのイメージを連想することが可能となりました。このように縁語は、**連想によって歌のイメージに広がりを与える**ことができます。

コトハ　「念力」とかけまして、「実らぬ恋」とときます。（その心は）どちらも匙《さじ》を投げます。

笹P　おまえは、ねづっちか！　しかも、それは「縁語」じゃなくて「謎かけ」！　どっちかというと「掛詞」だし。しかもスプーンを投げて曲げるのは初期の念力少年たちだし。なんで君はそんなことを知ってるんだ……。

Q.44 感覚の歌の魅力を教えてください。

A. **言葉で説明するのは難しいけど、なんとなく感覚的に共感できる**というのが、感覚の歌の特徴です。

「ああ、自分はわかる」と、読者に、**まるで自分だけが理解できたかのような（実際はそうでもない）優越感を持たせてくれる**ところも感覚の歌の魅力でしょう。よって、感覚の歌には、シュールな歌という印象を与える傾向があります。

下《お》り切って遮断機かすか弾みをり　弾みをり　地球は戦争の星

高野公彦『甘雨』

線路の踏切の遮断機が「黄色」と「黒」のしま模様であるのには理由があります。人間が本能的に警戒する黄色と、黄色を引き立てる黒を配色することで危険を示すためだそうです。

作者は、そんな遮断機が勢いよく弾んでいる光景を見たとき、地球が戦争の星であることを直感したのでしょう。感覚の歌の究極形ともいえる秀歌です。

はるかなるキリンの涙落ちてくるいぢめに自覚はないと聞くとき

梅内美華子《うめないみかこ》『夏羽』

いじめの事件でマスコミから取材を受けた、加害者であるいじめっ子が「いじめという自覚はなかった」と平然と言ったことを元に詠まれた歌でしょう。

いじめっ子のその無自覚性に驚き、呆《あき》れ、絶望した時の途方もない感覚を「はるかなるキリンの涙落ちてくる」というシュールな光景で表現しています。言葉にならない感覚を見事に表現した感覚の歌の秀歌です。

ヌーの群《むれ》に踏みしだかれる痛みだと妹は言う出産のこと

小島《こじま》なお『展開図』

出産の痛みは様々なものに喩えられますが、「ヌーの群に踏みしだかれる痛み」という比喩は、出産経験者は言うまでもなく、男性の読者にも感覚的に伝わってくるほどの説得力があります。「ヌーの群」がよく効いています。ゾウやキリンの群れでは、出産時の想像を絶する激痛や切羽《せっぱ》詰まった感覚は伝わらないでしょう。

Q.45 二人の会話のやりとりを短歌に入れてもいいですか？

A. 二人の会話のやりとりだとわかるように、**カギカッコを二つ使うなど工夫をすれば大丈夫**です。

恋人同士の会話をそのまま短歌にしたものといえば、真っ先にこの歌を思い浮かべます。

「酔ってるの？あたしが誰かわかってる？」「ブーフーウーのウーじゃないかな」

穂村 弘『シンジケート』

上の句が恋人の電話を受け取った女性のセリフ、下の句が酔っぱらった状態で電話をかけた男性のセリフです。下の句のようなふざけた返答ができる関係にあることで、二人が恋人同士だということがわかります。下の句の「ブーフーウーのウー」というウの母音の畳みかけが心地よく、愛誦《あいしょう》性の秘密はここにありそうです。ちなみに「ブーフーウー」は、ＮＨＫで一九六〇年代に放送されていた人形劇です。

「おはよう」に応えて「おう」と言うようになった生徒を「おう君」と呼ぶ

千葉 聡『そこにある光と傷と忘れもの』

先生と生徒の会話のやりとりをモチーフにした、変化球の歌です。二人の会話がきっかけで、あだ名が生まれた瞬間を鮮やかに描いています。

これやばいこれはやばいよ日テレの独占だよってお前黙れよ

北《きた》山《やま》あさひ『崖にて』

テレビ局での緊迫した場面が詠われています。第四句までが、他者による出川哲朗《でがわてつろう》さんぽいセリフで、第五句のみが、作者が心の中で発したセリフです。この歌のように、**カギカッコを使わずに、他者のセリフと心の中でのツッコミ（セリフ）のみで成り立たせる**ような歌も増えてきました。**独り言なのにカギカッコを二つ使うと、二人の会話だと思われてしまう**ので、気をつけましょう。

コトハ「酔ってるの？あたしが誰かわかってる？」

笹P「C-C-Bの笠《りゅう》じゃないかな」

コトハ「誰か（Romantic）止めて！」

Q. 46

インパクトがある展開にしたいのですが、何かコツはありますか？

A.

いろいろな方法があると思いますが、**初句や結句に強めの表現を置き、さらに一字空けにする**とインパクトのある歌になりやすいです。たとえば、初句切れの歌。

雪でみがく窓　その部屋のみどりからイエスは離《さか》りニーチェは離る

坂井《さかい》修一《しゅういち》『ラビュリントスの日々』

塚本邦雄的な字余りの初句が魅力的な作品です。一字空けも効果的で、このあとどうなるの？という感じで作品世界に引き込まれます。

戦争に行ってあげるわ熱い雨やさしくさける君のかわりに

江戸《えど》雪《ゆき》（『現代短歌最前線 上巻』より）

いきなりぶっ飛んだセリフで始めるのもありです。ただし、失敗すると人間性を疑われたり大怪我につながる可能性もあるので気をつけましょう。この歌は不朽の名作です。

これでいい　港に白い舟くずれ誰かがわたしになる秋の朝

大森《おおもり》静佳《しずか》『てのひらを燃やす』

いきなり「これでいい」と言われたら、え、何？と気になって、続きを読みたくなります。しかも下の句には、いい悪いの話ではなく、夢の中のような幻想的な情景が広がっています。白い舟は、魂の乗り物としての肉体の暗喩でしょうか。いろいろな解釈を誘う歌です。

初句切れとはちょっと違いますが、この歌の初句のインパクトもなかなかです。

とても私。きましたここへ。とてもここへ。白い帽子を胸にふせ立つ

雪舟《ゆきふね》えま『たんぽるぽる』

「私、ここへきました」の誤植ではありません。憧れの人を前にして、緊張のあまり、うまく言葉が出てこなかった様子が描かれているのです。文法的な間違いをあえて間違いのまま表現したところが新しく、エモさも一入《ひとしお》です。

次は、結句にインパクトのある歌。

二日酔いの無念極まるぼくのためもっと電車よ　まじめに走れ

福島泰樹『バリケード・一九六六年二月』

電車に対して「まじめに走れ」と命令しています。人間の言葉がわからない電車に対しての八つ当たりのような心のつぶやきに、ペーソスが滲みます。

生き物をかなしと言いてこのわれに寄りかかるなよ　君は男だ

梅内美華子『横断歩道《ゼブラ・ゾーン》』

「君は男だ」という突き放すようなモノローグが斬新で、男女の新しい距離感が表現された歌として話題になりました。四句切れ一字空けの効果も手伝い、印象深い作品となっています。

四句切れではありませんが、結句の最後の二文字を一字空けにしている珍しいタイプの作品もあります。

廃村を告げる活字に桃の皮ふれればにじみゆくばかり　来て

東直子『春原さんのリコーダー』

「来て」に無力感や緊迫感が表現されていて、新聞紙が吸う桃の汁以上に、じわじわと余韻が滲んできます。

左の二首も一度読んだら忘れられないインパクトのある作品といえましょう。

ペットショップの子犬はおそらくおのが値をしらざらむ　ウンコする

佐藤《さとう》通雅《みちまさ》『強霜』

a pen が the pen になる瞬間に愛が生まれる　さういふことさ

大松達知『フリカティブ』

Q.47

自然詠が減ってきているのはなぜですか？

A. たしかに自然詠は減少の傾向にあると思います。しかし、絶滅の心配をするほどではないでしょう。結社誌や新聞歌壇を注意深く読むと、今でもたくさんの自然詠が詠まれていることに気づきます。おそらく話題になる歌に自然詠が少ないので、よけいにそう見えるのだと思います。特に若い人は、スマホやゲームや恋愛に意識が向きがちなので、自然に目が向く機会も少ないでしょう。また、今の時代は、美しい風景があれば、スマホのカメラでそのまま写し取ることができるので、わざわざ歌にしようと思わないのでしょう。

ここ二十年くらい、若い歌人は、自然の代わりに、日常における身近なアイテムや建物を詠み込むことが多くなりました。しかし、心配はしていません。年を取ると刺激的なものには飽きてきて、道端に咲いている花など身近にある自然が愛おしくなってくるものらしいです。また、自然が豊かな土地に移住したら、いやでも自然詠は増えるはず。よって、**「自然詠は永久に不滅です！」**と宣言しておきます。

Q.48

歌を自選する際に気を付けるべきことはありますか？

A.

プロアマ問わず短歌をやっていると、結社やサークルなどで自選五〜十首を求められることがあります。自選歌は名刺代わりにもなり、様々なチャンスにも繋がるので、ベストチョイスで臨みたいところです。私もアンソロジーなどで自選二十〜三十首の提出を求められることがありますが、毎回選ぶのに苦心しています。何度かその作業をして気づいたことを書きます。

まず、未発表作品は禁物です。詠んだ直後に会心の作だと思って、自信満々で歌会に出したら、誰にも歌意が伝わらなかった経験は誰にでもあると思います。**短歌は、他者の批評によって、はじめて致命的な疵《きず》に気づく**場合がほとんどです。よって、できたてホヤホヤの歌を選ぶのは危険です。**なるべく多くの人の目に触れて、評価された歌を選ぶ**ことをお勧めします。

新聞歌壇などに投稿している方は、**入選歌を中心に選ぶ**とよいでしょう。結社に入会すると、投稿時代の歌が拙く感じられて、歌集に入れなかったりする人がいますが、**いつ詠んだ歌であろうと、いい歌は**

いいです。高野公彦さんの代表歌でもあるこの作品は、新聞歌壇の投稿歌だったことでも有名です。

青春はみづきの下をかよふ風あるいは遠い線路のかがやき　　高野公彦『水木』

いずれにせよ、個人的な思い入れだけで選ぶと、後悔する場合が多いです。**歌人の代表作は、長い時間をかけて読者が教えてくれる**ものだと思っています。発表から何年経《た》っても、人々の話題に上る歌こそが、その人の代表歌といえるのではないでしょうか。

また、時代によって人を惹きつける歌風も変わってきますので、**その時代の空気に合った歌を選ぶ**などの工夫をしても楽しいかもしれません。

「エモい」ということで、ここ数年急に取り上げられることが増え、代表作に加えた拙歌をご紹介します。

修学旅行で眼鏡をはずした中村は美少女でした。それで、それだけ　　笹 公人『念力図鑑』

コトハ　眼鏡をかけても明星コトハは美少女です。それで、それだけ

笹P　俺の代表作を汚すな！

Q.49

短歌結社には入会した方がいいのでしょうか？

A. ずばり、入会した方がいいと思います。結社歴二十四年の私が結社のメリット・美点を三つに絞って挙げてみます。

一つ目は、**毎月の締め切りがある**ことです。ほとんどの人は、締め切りがないと、いつのまにか「また思いついた時に短歌を作ろう」という考えになって、ついには作らなくなります。短歌を続けようと思う人にとって、毎月の締め切りが設定されている短歌結社は、とてもありがたい存在です。

二つ目。結社に入らないと、SNSやカルチャーセンターの短歌グループ内での付き合いだけになり、井の中の蛙《かわず》になりがちです。その状態になっていることさえ気づくのは難しいでしょう。大きな結社には、九十代のベテランから十代の新人まで所属していて、年齢層が広いです。自分は新しいことをやっていると自惚《うぬぼ》れていると、「そんなことは大正時代に○○がやっておる」などと具体的に作品を提示されて、短歌の歴史の長さに感動したというおかげ話もよく耳にします。そういうことを言ってくれる**大ベテランと一緒に歌会や飲み会ができて、刺激を受けることができる**のも結社ならではの魅力でしょう。

三つ目。万葉集などの古典や明治時代の歌人の歌集などについて原稿を書かされることもあり、勉強嫌いの私にとって、これは非常につらく、面倒くさい作業でしたが、**それら原稿依頼から逃げずに、すべて受けて立ってきたからこそ今の自分がある**と思っています。もし私が結社に入っていなかったら、今よりもずっと無知な状態のまま、孤独で苦しい戦いを強いられていたことでしょう。

そんな私からすると、「一度は短歌結社に入ったほうがいい」が答えになります。

コトハ 自分に合った結社を見つける方法はありますか？

笹P それはやっぱり好きな歌人がいるところだろうね。

コトハ じゃあ俵万智さんのいる結社で考えます。

笹P 俺のいる結社じゃないんかい！

Q. 50

参加している歌会での得票数がいつも低いです。自分は短歌に向いていないのでしょうか？

A.

短歌というジャンルは、良くも悪くもビギナーズラックがある世界です。将棋やゴルフなどの世界では、初心者がプロに勝ってしまうことなどありえません。

しかし、短歌の世界、というより無記名の歌会では、生まれて初めて短歌を作った人の歌が高得票を得て、主宰のベテラン歌人が０票になるということも珍しくはありません。それは、短歌が上手《うま》い下手は別として、簡単に作れてしまうところとプロとアマチュアの境界線が曖昧だからこそ起きる現象だと思います。

そのことについての是非はともかく、一つ言えるのは、全員から消極的に推されて票を集めた歌よりも、**たった一人から熱狂的に支持されるような歌の方が語り継がれる歌になりやすい**ということです。実際、私の代表作のいくつかは、歌会での得票数は低かったです。よって、歌会での得票数は、参考程度にするのがいちばんです。それよりも宗匠や先輩の批評を気にしましょう。

どうです、気持ちは楽になりましたか？

Q.51 歌人は辞世の歌も詠むのでしょうか?

A. 現代の歌人に辞世の歌を詠む習慣はありません。辞世の歌といえば、戦国武将の歌などが思い浮かびますが、あの時代の武人たちは、明日命があるかどうかもわからなかったため、いつ死んでもいいように、生きた証として辞世の歌をしたためていたのだと思います。

何事も夢幻と思ひ知る身には憂ひも喜びもなし　足《あし》利《かが》義《よし》政《まさ》

足利八代将軍の辞世の歌です。当時の将軍や戦国武将たちは禅を学んでいた影響もあってか、この世はしょせん夢《ゆめ》幻《まぼろし》であるという内容の歌が多いです。現代に詠まれた辞世の歌で、もっとも有名なのは三島由紀夫が自決前に詠んだこの歌でしょう。

益荒男《ますらを》がたばさむ太刀の鞘《さや》鳴《な》りに幾とせ耐へて今日の初霜　三島《みしま》由紀夫《ゆきお》『三島由紀夫全集』

ふだん詠んでいる歌がそのまま生きた証となる現代の歌人は、あえて辞世の歌を詠む必要はないと思います。

Q.52

> 同じ時期に短歌を始めた友人が新人賞をとり、歌集も売れて有名になり、私だけ取り残されたような気持ちです。友人への嫉妬心が止まりません。どうしたらいいでしょうか？

A. これは令和時代ならではの悩みでしょう。ゼロ年代は、書店に行っても、俵万智さん、穂村弘さん、枡野浩一さん、そして私などの、ごく一部の商業出版の歌集くらいしか見当たらないというのが普通でしたし、Ｘ（旧Ｔｗｉｔｔｅｒ）もありませんでした。よって、当時の歌人は、歌集をヒットさせたいとか、有名になりたいなどという気持ちはなく、せいぜい自分の尊敬する歌人に認められたらうれしいという気持ちで、地味にコツコツ活動している人がほとんどでした。いま思えば、かなり牧歌的でしたね。それが二〇一〇年代半ばの書《しょ》肆《し》侃《かん》侃《かん》房《ぼう》など歌集を手掛ける出版社の書店進出（と書店員の情熱）がきっかけで、いまや多くの書店で短歌コーナーを見かけるようになりました。Ｘ（旧Ｔｗｉｔｔｅｒ）のタイムラインを眺めれば、若手歌人による「重版出来！　ありがとう！」みたいな投稿もよく見かけます。私が短歌を始めた三十年前とは、状況がだいぶ違っています。

現代は、ＳＮＳのフォロワー数や、「いいね」の数や、Ａｍａｚｏｎの歌集ランキングなど、人気や影響力が数字で可視化されることが多いため、自分と他人を比べて落ち込む機会が多いのでしょう。そういう意味では現代の若手歌人は気の毒だと思います。それを踏まえた上で、質問に回答します。

質問者さんは、**有名になることが目的で短歌を始めたのでしょうか？　短歌が好きだから短歌を始めたのではないですか？**

楽しそうだから始めた短歌なのに、同じ時期に短歌を始めた友人が賞をとったり歌集を出して注目されたことで、焦りを感じているのでしょう。しかし、これは短歌界隈あるあるです。誰しも一度や二度は必ず通る道です。友人も人知れず努力していたのでしょうから、そこは認めてあげましょう。そして、こんな身近な人が脚光を浴びるのだから、自分が注目されるのも時間の問題かもしれないと気持ちを切り替えましょう。

また、質問者さんは、短歌の新人賞や歌集が売れるということを過大評価しているようです。新人賞を受賞したとしても、マスコミでもてはやされたとしても、本人がその後も志を持って努力し続け、さらに運にも恵まれなければ、第一線で活躍し続けるのは難しいです。

各短歌新人賞の過去の受賞者一覧を見てみてください。この中でいったい何人の人が今でも第一線で活躍し続けていますか？　やめている人の多さにも気づくことでしょう。短歌人口に対して、作品を発表できるメディアが極端に少ない短歌の世界において、原稿依頼やイベント出演依頼が少ない、なんてことは大前提なのです。

私だって、「なぜこのアンソロジーに自分の歌が入っていないのだ?」「なんでこの座談会に呼ばれないのだろう?」「Ａｍａｚｏｎの歌集ランキングの百位以内に自分の歌集が一冊も入ってない」などと不満を感じたり、落ち込むことも多々あります。慣れ過ぎてしまい、いまやそれほどは落ち込みませんが。

おそらく人気歌人のあの人やあの人にも、そんな時があるはずです。しかし、**地道にコツコツ良い歌を作っている人を短歌の神様が見捨てることはありません。**見ている人はちゃんと見ているものです。いい歌を作り続けている人は、遅かれ早かれ、評価されるものです。

これは三十年以上、短歌の世界を見てきた私の感想です。よけいなことを考えて悶々とする時間があったら、よりよい短歌を作りましょう。先行する名歌集をたくさん読みましょう。それでも苦しくてたまらないという場合は、いったん短歌から距離をとりましょう。

マイペースにやっていくのも、途中でやめるのも自由です。短歌をやめて、別のジャンルで大成した人もたくさんいます。短歌に打ち込んだ経験はどこかで役に立っているでしょうから、それはそれで素《す》晴《ば》らしいことです。

短歌を心の相棒のように思い、生涯に渡って短歌と良い付き合い方をできた人こそが、真の「歌人」といえるのではないかと私は思っています。

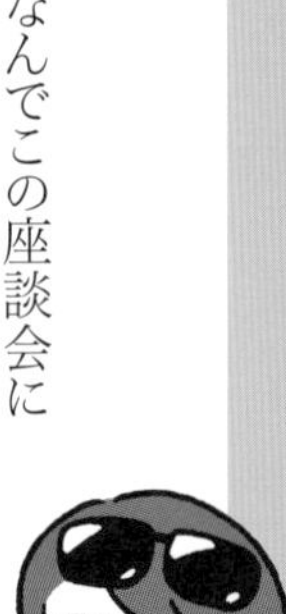

シン・歌論集

笹P　どんな時でも、短歌は私の「相棒」でした。
歌を詠み続けてきたからこそ見えてきた景色があります。
笑いあり、涙ありのエッセイ集をお楽しみください。

たった7日の特命係

日本経済新聞　二〇一九年一月九日（水）夕刊

昨年十一月に放送された人気ドラマ「相棒season17」第七話「うさぎとかめ」の短歌監修を務めた。突然の依頼だった。好きなドラマだったので、二つ返事で引き受けたのだが、詳細を聞いて冷や汗が出た。必要となる短歌は約二百首。しかもそのほとんどが暗号の短歌で、さらに締め切りは一週間後とのことだった。お笑い短歌、オカルト短歌等、新しいジャンルを開拓してきたが、暗号短歌作りは初めての体験。しかも、数が多く締め切りも迫っている。

一人では絶対に無理だと感じ、所属する短歌結社の仲間で少数精鋭のプロジェクトチームを結成して挑むことにした。

ドラマは、元官僚の訳ありホームレス歌人が、短歌にひそむ暗号を通して、かつての仲間に現在の居場所を知らせるというストーリー。「あ行」から「わ行」までの各行を、1から10の数字に置き換えられると気づいた特命係の杉《すぎ》下《した》右《う》京《きょう》警部は、各句の最初の一文字が郵便番号になっていることを突き止めた。

その暗号短歌を作るのが、われわれに課せられた「特命」である。たとえば、〒176-0034だと、1（あ行）7（ま行）6（は行）、0は飛ばして、3（さ行）4（た行）となる。実際には、こういう歌ができた。

哀れみの眼差し向ける人あれど世界の隅でただ生きるだけ　あまつぶ

数日間で百首以上の暗号短歌を作り、ほかにも歌会用の歌など数百首を用意した。チームの連絡ツールには昼夜問わず作品が投稿され続け、みなハイになっていた。ホームレス歌人の投稿歌が載る架空の新聞歌壇ページには、エキストラの短歌も必要なので、短歌仲間の新作、旧作を多数掲載した。

また、放送は冬と聞いていたので、季節感のある歌にもこだわった。さらに、本当に新聞の歌壇欄に入選するレベルの歌でなければ現実味が出ないと考え、珍しくダメ出しや添削もした。他の仕事で忙しかったので、手を抜こうかという考えも一瞬頭をよぎったが、見えないところこそ大切にすべきだと思い返し、徹底的にこだわった。

あの映画界の巨匠故・黒澤明《くろさわあきら》監督が、映画『赤ひげ』の撮影中、画面には映らない薬箱の中に小道具係が何も入れていなかったのに激怒し、すぐに箱の中に本物の薬を入れさせたという逸話が残っている。たとえ映画のスクリーン越しでも、人間には、見えない部分まで敏感に察知する能力が備わっていることを黒澤監督は熟知していたのだろう。

黒澤監督には及びもつかないが、われわれもその信条のもと、右京氏の指の陰になって映らないかもしれない短歌に全力を注いだ。

そして、ついに迎えた放送日当日、テレビに一瞬映った歌の数々は、録画を一時停止して凝視しないとわからないものだったが、それでもわれわれは満足だった。Ｔｗｉｔｔｅｒ（当時）にあげた新聞歌壇ページ画像にもたくさんのリツイートを頂き、隅々まで多くの人の目にふれることとなった。視聴率は十五％を越え、ドラマの評判もよかった。

こんな風に、いまも様々なドラマ制作の裏側で見えないところにまでこだわって戦っている人たちがいるのだろう。

ただ、それ以来ドラマを見る度に、画面に映る小道具を注視する癖がついてしまった。さらには、新聞歌壇の歌に暗号が潜んでいないか気になってしかたがないのですこし困っている。

誤読の効能

日本経済新聞　二〇一九年五月二十二日（水）　夕刊

短歌は文字数が少なく、言いたいことの一部分を暗示して、あとは読者の想像力にゆだねる詩型である。

そんな短歌の特質のおかげで思わぬ鑑賞のされ方をして戸惑うことも多い。

たとえば、かつて本紙春秋欄で引用された、歌人の栗木京子《くりききょうこ》さんの著書『短歌をつくろう』からの穴埋め問題。


君からのメールがなくていまこころ□より暗し　　笹公人

答えは、「平安京の闇」なのだが、教鞭《きょうべん》をとっている大学で「何の闇だと思う？」と質問したら、ある女子学生が「女子会の闇」と答えた。イマドキの女子も苦労してるんだなぁと同情したものである。

読者の解釈で歌の魅力が引き出されるといえば、以前、ＡＫＢ48のメンバーだった北原里英《きたはらりえ》さんに雑誌の企画で短歌指導をした際、『サラダ記念日』のこの歌を使わせて頂いた。


砂浜のランチついに手つかずの卵サンドが気になっている　　俵万智

この歌、人に「なぜ卵サンドが気になっていると思う？」と質問すると、「恋人は卵サンドが嫌いだったのかなと気にしている」だとか「卵サンドに砂がついたからだ」と回答が返ってくる。外国人は「卵サンドを譲り合ったから」と答えることが多いらしい。

北原さんに同じ質問をすると、「夏でしょ？　卵サンドが腐ってたから」と答えた。この子は鋭い!!　と驚くとともに、コロンブスの卵的な回答だと感心したものである（卵だけに）。

その北原さんも好きだというこの名歌。

観覧車回れよ回れ想ひ出は君には一日《ひとひ》我には一生《ひとよ》　栗木京子

「君」とは片想いの相手の男性で、「あなたにとっては、たった一日の想い出でも、私にとっては一生の想い出となるでしょう」という互いの気持ちのギャップが詠まれた切ない恋の歌として解釈されるが、あるカルチャー教室の受講者の女性は、こんな解釈を力説していた。

「君のようなモテない奴は、異性と観覧車に乗れる機会なんて、人生でこの一度きり。私のようなモテモテの女は、一生いつでも誰とでも乗れるのよ」。作中の女性のイメージが、内気な女子高生から恋愛にもグイグイいく肉食系女子へと百八十度切り替わる。聞いていて、作中の男性が憐《あわ》れで涙が出そうになった。

極めつきは、この歌。

いずこより凍れる雷《らい》のラムラララムだむだむララムラムララムラム　岡井　隆

独創的なオノマトペで雷鳴を表現した歌である。これも授業でどういう歌意だと思う？と質問したら、ある女子学生が、「『うる星やつら』（高橋留美子《たかはしるみこ》・作）の登場人物・諸星《もろぼし》あたるがラムちゃんにカミナリを落とされた場面」と自信満々に答えたので、私の体の方に電流が走った。「ラム」と「雷」で『うる星やつら』を連想したのだろう。いくら国民的人気マンガとはいえ、私じゃあるまいし、岡井先生は『うる星やつら』のオマージュ短歌は作らないだろう。

かように誤読の世界は深くて広い。だが、たとえ誤読でも作品に深みが増す読まれ方なら、作者もちゃっかり便乗して、作意やメッセージを変えてしまうこともあるかもしれない。それを思えば、この歌はこういう歌と決めつけるのはよくないと思えてくるのである。

牧水・短歌甲子園

日本経済新聞　二〇一九年五月十五日（水）　夕刊

歌人若山牧水の故郷宮崎県日向《ひゅうが》市を舞台に熱戦を繰り広げる「牧水・短歌甲子園」の季節が近づいてきた。この大会は、各チーム三人の高校生が自作の短歌とディベートで勝敗を競う。審査委員長は歌人の伊藤一彦さん。審査員は俵万智さん、大口玲子さん、私の三人で、柔道の試合よろしく、紅白の旗を審査員が挙げて勝敗を決する。今年で九回目を迎えるこの大会、今までも高校生ならではの視点と誰しも胸を衝《つ》かれる普遍性のあるフレッシュな歌の数々を目撃してきた。今回はその中でも、私が鮮烈な印象を持った歌のいくつかをご紹介したい。

業平の一途な恋が黒板に品詞分解されてゆく午後　海老原 愛（宮崎西）

伊勢物語の主人公のモデルとされる在原業平《ありわらのなりひら》は、『古今集仮名序』で、紀貫之に「心余りて詞足らず」と評された。一般的には、その詩想に表現が追いついていないことをdis《ディス》られていると解されているが、別の視点から見れば、歌の中に収まりきらぬ溢《あふ》れる想いを抱えていたともいえよう。その恋の歌の熱量にシンパシーを覚えるが、そんな思いとは無関係に、味気なく分析されていく気怠《けだる》い午後の古文の教室。十代の熱さと冷静な観察眼を併せ持つ一首だ。

「数式ってきれい」と笑う君こそが僕の解きたい方程式だ　平田寛樹（沖縄・球陽）

これはもう、アニメ『君の名は。』（新海《しんかい》誠《まこと》・監督／コミックス・ウェーブ・フィルム）にエピソードとして入れたいくらいのキラキラ感。数学者にいわせると完成された数式は宇宙のような美しさを感じるというが、女子高生にしてそれを感じ取る感性を持つ彼女を、その数式にたとえる君も素敵《すてき》。難解な方程式に思えるくらいだから、彼女に振り向いてもらうのは簡単ではないのだろうが、思わず「頑張れ」と応援したくなるドラマがある。

C12H22O11そのとき私は恋をしていた

上井可愛（茨城・下妻第一）

啄木の「あめつちの酸素の神の恋成りて水素は終《つい》に水となりにけり」も想像させるが、化学式という点ではその上をいく。同じ審査員の俵万智さんは、この化学式を爆発するようなものかと思ったそうだが、私は失恋のショックのあまり発明した記憶を消す謎の薬の化学式かと思った。実は「ショ糖」だそうで、そうとわかると、ますます歌のスウィートな味が際立つ。

担任と母が衝突する真夏ただ眺めおり海王星より

今東壮之晟（宮崎西）

進路指導のひとコマか。いたたまれない気持ちは、真夏の教室の室温とは逆に、感情を宇宙空間のように冷たくさせ、太陽系でもっとも遠い惑星（冥王星は「準惑星」）まで意識を飛ばす。自分が当事者なのに、どこか遠いところへ置いてきぼりにされたような感覚かもしれない。

鳥はいつ自分が飛べると知るのだろう屋上に踏み込むときの風

神野優菜（福岡女学院）

鳥も初めて空を飛ぶ時は勇気が必要なのだろうか。巣立ちが近い鳥と自分の将来への不安を重ね、風の感触までをも想像させる。

改元騒ぎのどさくさで商売に走り、やけくそのように明るく振る舞う大人たちを見ると陰鬱になるが、彼らの歌には一抹の希望の光が感じられる。まだまだ捨てたものではないという気にもなるのだ。

オカルトと短歌

日本経済新聞　二〇一九年二月二〇日（水）　夕刊

短歌にまつわる神秘的なエピソードは多い。今でも神事で祝詞の代わりに和歌が詠まれることがあるが、昔は呪《まじな》い歌というものが日常的に活用されていたという。

たとえば最近、歌人の大塚寅彦さんの文章で知った蟻害《ぎ》防止に使われていたという呪い歌。

蟻殿《あり》は虫に義の字と書きながら人の住まいにことわりもなし　作者不詳

この歌を書いた紙を玄関などに貼ると、蟻はおのれの行為に恥じて家に上がって来なくなるという。蟻さんが字を読めるのかと突っ込みたくもなるが、対象物を褒めて願いを聞いてもらうというのは、国褒め歌の基本で、呪い歌もその延長にあるのだろう。

他にもペットがいなくなった時に効く歌、安眠を促す歌などが紹介されているのを読むと、あらためて短歌は神秘的なものだと思う。

だが、最近は、そんな短歌の神秘的側面が忘れ去られて久しい。それが寂しく、なんとかしなければという思いもあって、今年（二〇一九年現在）で創刊四十周年の老舗オカルト雑誌、「月刊ムー」で二年間にわたり「オカルト短歌」という投稿コーナーを担当させていただいた。NHKでドラマ化された私のデビュー歌集『念力家族』が現代オカルト短歌の元祖とも言われているため、家元役を仰せつかったのである。

UFOにさらわれたという老人がテクノカットになりて還《かえ》りぬ　笹公人

夕焼けの鎌倉走る　サイドミラーに映る落武者見ないふりして　同

はたしてどんな歌が集まるかと心配もしたが、そこはさすがにムーの読者、「アセンション」「プレアデス星人」といった先端の「業界用語」がばんばん出てくる。怖がらせるよりも笑いを取りにいく歌が多いのは、「家元」の影響か。

明滅し舞い上がりたるUFOに貼り付いている駐禁シール　中山一朗

この場合、駐禁していたのは、灰皿を裏返しにしたようなアダムスキー型UFOではないだろう。近頃は、テレビのオカルト番組で紹介されるUFO映像も斬新なデザインのものが多い。おそらくアダムスキー型円盤など日本車でいえば「三丁目の夕日」に出てくるオート三輪のようなレトロな存在なのかもしれない。

捨てられた卒塔婆で建てたログハウス夏でもかなり涼しいらしい　酒井景二朗

天井を見上げると、消し忘れた戒名がちらりと見えたりするのだろうか。オカルト系のことばが詠まれた歌は、ベテランの作品にもときどき見られ、さすがに不気味な迫力がある。

目に見えぬ大蜘蛛《ぐも》ひそむネットなり人の思ひを捕へては食《は》む　大塚寅彦

SNSやネット掲示板は人の想念を食べて生きながらえる妖怪なのかもしれない。webは蜘蛛の巣の意味だし、ネットと網とを掛けて大蜘蛛を出したあたりも巧みだ。

今後は、はやりのAIを内蔵したスマートスピーカーに霊がとりつくという怪談も増えてくる気がする。霊魂や付喪神《つくもがみ》の宿る先は、人も動物も自然もデジタルも問わない。われわれはそろそろAI殿を褒めたたえるAI褒めの歌を作ったほうがいいように思う。

幽体を剥がしてメールに添付する行きたいとこは聞いてやらない　笹 公人

ゼリー生活

日本経済新聞　二〇一九年三月十三日（水）　夕刊

目に映るものが新鮮に見えるとき、人の心は揺れ動く。歌が生まれるのはいつもそんな瞬間だ。たとえば、旅の非日常的体験から生まれた秀歌は数多い。子供の短歌におもしろいものが多いのも、人生の旅がすべて冒険旅行のような彼らにとって、見るもの触るもの、全てが真新しいからだろう。

尊敬する先輩歌人の今野寿美さんからお誘いいただき、数年前から、土屋文明《つちやぶんめい》記念文学館主催の「歌人が学校に！」という企画に参加している。群馬県の小・中・高・特別支援学級等で短歌の授業をするという試みだ。

昨年は、大歌人土屋文明の母校、高崎市立上郊《かみさと》小学校ほか四校で特別授業を行った。生徒たちは、みな素直で、優秀作品発表の時には、「口《くち》ドラム」でドラムロールの音まで再現してくれる。

今回もいくつかの衝撃的な作品に出会えた。たとえばこの歌。

大きな手せまってきたら虫かごのゼリー生活始まるんだよ　天田千英菜（上郊小四）

思わず北原白秋の

大きなる手があらはれて昼深し上から卵をつかみけるかも

を思い出した。おそらく作者はこの歌を知らずに書いただろうが、驚くのはそこだけではない。カブトムシの虫カゴ生活を「ゼリー生活」というダイエット用語で言い換えたところがすごい。人間にとって「ゼリー生活」はつらいものだが、カブトムシにとっては天国のような生活か、それとも監獄での囚人生活なのか。カブトムシの意見を聞かなければ本当のところはわからないが、下の句のライトかつ有無を言わさぬ言い切りに人間の業が滲む。正直、私にはこんな歌は作れない。脱帽である。

カブトムシといえば、クワガタでも忘れがたい作品があった。

自転車で口をひらいて走ったらクワガタムシがのどに入った

荒井拓真（中央小六）

カメムシやカナブンではなく、クワガタ！　作者の荒井くんに聞くと実話だという。口ではなく「のど」に入ったあたり笑いを誘うし迫力がある。

小学生にしか詠めないという点で、これらの歌も面白かった。

ひまわりのめい路にきえた友だちの声はするけどすがたは見えず

福田凌空（上郊小四）

夏祭り夜にさく花きれいだないとこがさわぐ最後の祭り

小林莉音（上郊小五）

一首目。小学生の身長からすれば、ひまわり畑は巨大迷路にも等しいだろう。「めい路にきえた」がうまい。夏の真昼、唐突に異空間へとつながる道が日常に潜んでいるようにも読める。この解釈の幅もよい。

二首目は、「いとこ」がリアル。ふだん一緒にいない「客人《まれびと》」が夏休み、祭りという非日常性を際立たせる。「最後の」は何の最後なのか。夏の終わりか、それとも？

大人になったら忘れるであろう瞬間を真空パックにしたような短歌は、一生の宝物だ。はたして今年はどんな歌に出会えるのだろう。

子供たちにも人気だったが、声優の交代で、そろそろ子供よりも親御さんにウケるようになってきた拙歌を最後に。

「ドラえもんがどこかにいる！」と子供らのさざめく車内に大山のぶ代

笹公人

ハナモゲラの逆襲

日本経済新聞　二〇一九年六月十九日（水）夕刊

一九七〇年代半ばから一九八〇年代にいわゆる「ハナモゲラ語」が流行したことがある。元々、ジャズピアニスト山下洋輔《やましたようすけ》さんの仲間内で流行したもので、その一ジャンルにハナモゲラ和歌があった。

「山の美しさに感動して詠める」

なだらそう　きよひにきらり　しらきぬの　ひとひらひらに　みどりたちまち　糸井重里《いといしげさと》

ひいらぎの　かほりやまめて　せせらぎる　どぜうてふてふ　くましかこりす　山下洋輔

当時すでに短歌を始めていた私は、この枕詞風の造語やオノマトペのみで成り立つ和歌に衝撃を覚えた。大袈裟ではなく、これほどまでに山の美しさを表現した歌があっただろうかと思ったのだ。

さらに、師匠岡井隆先生の著書で、次の「歌」を元祖ハナモゲラ和歌として「再発見」するに至り、角川「短歌」で「ハナモゲラ短歌」という連載をやらせていただいた（後に『ハナモゲラ和歌の誘惑』として小学館より上梓《じょうし》）。

みじかびのきゃぷりきとればすぎちょびれすぎかきすらのはっぱふみみふみ　大橋巨泉《おおはしきょせん》

一九六九年に万年筆のコマーシャルで人気を博し、子供たちも真似《まね》したフレーズを岡井先生は次のように論じている。

「『みじかびの』はすぐに『短い』を呼び起こすし、『きゃぷりきとれば』は『キャップをとれば』に通ずる。（中略）この歌は案外、短歌という詩型のもつ、リズムと音韻と意味との関係の、伝統的な本質を示したとも言える」

思えば、「巨泉」は早稲田時代の俳号だから俳句のリズム感もあっただろうし、ジャズ評論でデビューしたのだから、「飯」を「しーめ」と呼び、「お調子者」を「C調」と言ったりするジャズメン達の言葉遊びやリズムの感覚、洒落《しゃれ》っ気も持ち合わせていたに違いない。

「大変にきたないさまを詠める」

さなだむし　じるつゆのおり　こきかじり　みがほろとばる　あじめどあくさ

渡辺香津美《わたなべかづみ》

ギタリストの渡辺香津美さんによる臭い立つような作品。濁音を生かして汚れた感じを出すのに成功している。害虫に濁音はつきものだし、古語でも濁音には打ち消し系統が多い。いわば「マイナー調」である。古語辞典を引けば、濁音には漢字の音読み、つまり外来語が多い。汚いもの以外にも「権現」などもあって、「異界からやって来る怖いもの、強大なもの」を表す音だったのかもしれない。

そういえば「ゴリラ」と「クジラ」から造語された「ゴジラ」も海からやって来る（これが「クリラ」では可愛らしくなってしまっただろう）し、最凶の怪獣キングギドラは金星を滅ぼした勢いで地球に乗り込んでくる。「善玉」の「モスラ」には濁りもないが、力も弱い。

来る八月二十四日には、大阪の堺《さかい》でのイベントで、山下洋輔さんと対談することになっている。ミニライブもあるので、ことばの「音」と楽器の「音」についても山下さんに伺《うかが》ってみたい。

最後に、「タモリのオールナイトニッポン」最終回での、タモリさんのハナモゲラ和歌を。

きんたびれ　すてもちみれば　しにあわん　つきのかたびら　しきのとうふか

タモリ

ウルトラマンと短歌

日本経済新聞　二〇一九年四月二十四日（水）夕刊

部屋中に怪獣図鑑ちらかしてサイダー太りのこどもは眠る　笹 公人

四歳頃からウルトラマンが大好きで、幼い頃は、ウルトラマンの人形や怪獣図鑑に囲まれて過ごしていた。今でも生活の中にウルトラ怪獣は浸食している。「この怒りの大きさは、初代ウルトラマンを倒した最強の怪獣ゼットンの一兆度（！）の火の玉袋を体内に抱えているようだ」と感じるのだ。だから、そんなウルトラマンやウルトラ怪獣を数多く歌に詠んできた。第四歌集『念力ろまん』では「ウルトラエレジー」という章まで作っている。

ゼットンのあだ名に静まる秋の朝　転校生は肩をいからせ　笹 公人

小学生の頃のガキ大将の圧倒的な威圧感は、ゼットンにも匹敵する。不敵にも「前の小学校では『ゼットン』とあだ名で呼ばれてました」とうそぶく転校生を前にしたような瞬間は、大人になった今も、ある気がする。

失恋に苦しんだ時は、自然とこんな歌が生まれた。

じょっきりと未練の縄を切ってくれバルタン星人よその大きハサミで　笹 公人

戦争で母星を失ったバルタン星人なら、失恋した時の、あの身の置き所のなさも理解してくれよう。

セキセイインコがガッツ星人に見えるまで酔いし夜あり追いつめられて　笹 公人

ガッツ星人とは、大きな丸頭に鳥のような嘴《くちばし》の分身型宇宙人。失恋の自棄酒《やけざけ》で酔っ払った時は、鳥籠の中のセキセインコがガッツ星人に見えた。そして、たしかに分身していたのである。

悲しみで何もできない時、脳裏に浮かぶ怪獣といえばジャミラだ。私の中では、「悲しい」は「ジャミラ」の枕詞になっているらしい。


泣き濡れてジャミラのように溶けてゆく母を見ていた十五《じゅうご》歳の夜に　笹 公人

もともとフランス人らしき宇宙飛行士ジャミラは、故障のため水のない星に不時着、地球に助けを求めるが、見捨てられる。彼は水を求めて地獄のような苦しみを味わった末、水のいらない、逆に水が弱点の、干からびた化け物のような姿に成り果てるのだ。ジャミラは自分を見殺しにした地球人への復讐のため地球にやって来る。そして、文字通り「渇望」していた水を浴びせられ、泥の中で絶命していく。

思えば、当時のウルトラシリーズなどの「怪獣もの」を作っていたのは、円谷プロや東宝の腕っこきのスタッフ、キャストであり、彼らはみな、戦前から戦中、戦後の激動期を知る人々だった。脚本だけを見ても、金城哲《きんじょうてつ》夫《お》、上原正三《うえはらしょうぞう》、佐々木守《ささきまもる》、市川森一《いちかわしんいち》といったそうそうたる顔ぶれ。「セブン」の「ノンマルトの使者」、「帰ってきたウルトラマン」の「怪獣使いと少年」など、今の大人の目で見ても「深い」と唸《うな》るような作品を生み出して、子供たちに夢や憧れだけでなく、社会の矛盾や現実のやるせなさ、生きる哀しみまで教えてくれた。

それらを「栄養」に育ってきた私は、スーツアクターという「中の人」が着ぐるみの怪獣を動かしていたのとは逆に、笹公人という歌人の中にウルトラ怪獣が棲《す》んでいるのかもしれない。


夕ぐれの商店街ですれちがうメトロン星人ふりむくなかれ　笹 公人

一輪の花

水田を歩む　クリアファイルから散った真冬の譜面を追って

笹井宏之

日本経済新聞　二〇一九年二月十三日(水)　夕刊

真冬になると必ず思い出す歌がある。故・笹井宏之君のこの歌だ。笹井君は、彗星のごとく短歌界にあらわれ、そして去っていった。

彼との交流は、J-WAVEの番組で短歌コーナーを持たせていただいていた二〇〇五年ごろにはじまる。コーナーと連携した短歌投稿ブログに彼が投稿してきたのだった。

笹井君は最初から、完成度の高さ、世界観で、他の投稿者とは一線を画していた。詠む対象すべてに愛があり、ひとびとを優しく包み込み彼の歌は、たちまち人気を博し、ネットを中心にどんどんファンが増えていった。

その後、笹井君は、私も所属する未来短歌会に入会する。これはおもしろくなってきたぞ、と思った。いろいろコラボレーションしようと考えたし、自分の短歌ブログを受け継いでもらおうと心の中で決めていた。ブログ名の「笹短歌ドットコム」が「笹井短歌ドットコム」になればいいと。

天井と私のあいだを一本の各駅停車が往復する夜

笹井宏之

笹井君の第一歌集『ひとさらい』(書肆侃侃房)の批評会が行われた時、お祝いの電報を送ったことがある。

しかし、一週間たっても連絡がない。短歌の世界では、こういう時には礼状を出すのが常識だと、結社の先輩としてメールした。返信には、感謝の言葉とともに、御礼が遅れたことへのおわびの言葉が書かれていた。

翌日、笹井君から御礼のはがきが届いていた。そのはがきには、丁寧な御礼の言葉とともに、ピンク色の花が一輪描かれていた。花びらも茎も葉も色えんぴつで丁寧に色が塗られた、心のこもったはがきだった。重度の身体表現性障害を持っていた彼が、色つきの絵を描くのは容易ではなかったはずだ。描くのに数時間かかったかもしれない。御礼の催促をするようなメールを出したことを後悔した。礼状が行き違いになったことを、言い訳ひとつせず、ただ謝った彼に高潔な魂を感じた。

そして、二〇〇九年一月二十四日、インフルエンザがもとで、彼は突然、この世を去った。二十六歳だった。失意の中、私は投稿作品を集め、短歌ブログに「笹井宏之ポエジー図鑑」というコーナーを作った。今でも歌集未収録の歌を読むことができる。

だいぶあとになって聞かされた話だが、笹井君は「笹短歌ドットコム」で特選に選ばれることに熱意を燃やしていたのだそうだ。だが、私は笹井君をあえて特選にはしなかった。ブログに合わせた「笹短歌風」の歌ではなく、彼独特の、ポエジーあふれる歌を作ることに集中してほしかったのだ。また、いずれブログごと彼に譲るつもりだったから、特選にする必要もなかろうと考えていたのだった。それを伝えられなかったことを今でも悔しく思う。

その後、彼の歌集がきっかけで、新鋭短歌シリーズが生まれた。若手歌人がつぎつぎと歌集を出し、ついに今年、「笹井宏之賞」という短歌賞までが創設された。ふつうの歌人が一生かかってもやれないことを、彼はたった数年の歌人人生でやってのけたのである。

「はなびら」と点字をなぞる　ああ、これは桜の可能性が大きい

笹井宏之

歌人　出口王仁三郎

日本経済新聞　二〇一九年二月六日（水）夕刊

短歌を始めたころは、作歌が楽しくて、どんどん歌ができた。掲載のあてもないのに、暇さえあれば書いていた。それがいつまでも続くと思っていた。作歌歴十五年目あたりから、初期衝動のようなものはなくなり、締め切りを意識して気合を入れて詠むようになった。

今年で作歌二十八年目となる。最近は、選歌をする時間のほうが圧倒的に多くなり、選歌の合間のほんのわずかな時間で絞り出すように歌を詠んでいる。トイレでも風呂場でもどんどん歌が浮かんできて、むしろ困っていた頃が懐かしい。

歌が浮かばない、いわゆるスランプに陥ったとき、おまじないのように読む歌集がある。それは自分で編さんした出口王仁三郎の『王仁三郎歌集』（太陽出版）である。

出口王仁三郎の名は、大《おお》本《もと》教の教祖として、歴史の教科書などで目にした方もいるだろう。しかし、もう一つの姿――陶芸、書、絵、和歌に猛烈に取り組む芸術家としての王仁三郎については、それほど知られていない。彼は一日に二百首に余る歌を詠み、一説では、生涯に百万首近くの歌を詠んだ歌人でもあるのだ。

王仁三郎を「巨人」と称した評論家の大《おお》宅《や》壮《そう》一《いち》が、昭和六（一九三一）年王仁三郎にインタビューしたとき、これまでどのくらいの和歌を詠んだのかと質問すると、王仁三郎は「すっかり計算すれば五、六十万首じゃろう」と答えている。実際、当時の王仁三郎は、百以上の短歌結社に所属し、毎日大量の歌を投稿していたのである。

ころころと背すぢつたひて首の辺《べ》に爆発したり風呂の湯の屁は　　出口王仁三郎

包丁をぐさりとさせばほんのりと匂ふメロンの朝の楽しさ　同

王仁三郎には、とにかく明るくユーモラスな歌が多い。読んでいて明るい気分になれるまれな歌風だ。この歌の明るさには、王仁三郎の和歌観に秘密がある。王仁三郎は、和歌について「言霊の幸はう国、神さまは歌をたてまつるのが、海河山野種々の供物よりもいちばんお気にいるのである」と語っている。王仁三郎にとって和歌は、よろこびを詠う器であったのだ。

そんな王仁三郎の歌に魅了されはじめていた二〇一〇年ごろ、ひょんなことから、王仁三郎の子孫の方から、王仁三郎のベスト歌集を編さんしてほしいと頼まれ、現存する十五万首以上の短歌から、二年半かかって三百二十八首に厳選し『王仁三郎歌集』としてまとめた。

王仁三郎の圧倒的なバイタリティーに接すると、作歌への気負いがとれて、するっと歌が生まれてくるから不思議だ。以来、この歌集は、作歌上のスランプ時にもこれ以上ないお守りとして座右の書となっている。

選歌中は不思議なことが多々あった。見本の一冊が届いた日、ある短歌イベントに出かけた。休憩時間に、できたての本をうっとりと眺めていると、隣の席の男性に「その本は何ですか？」と声をかけられた。出口王仁三郎の歌集だと伝えると、その男性が、「私は前田夕暮《まえだゆうぐれ》の孫です」と言う。もともと王仁三郎が本格的に短歌に打ち込むきっかけは、夕暮の結社に入会したことであり、この本の序文にも前田夕暮のものを再掲載していた。その前田夕暮のお孫さん（歌人の前田宏《ひろし》氏）の手に最初の一冊がわたったのである。

不思議な日々を締めくくる象徴的なエピソードだった。

ものがたりの種

日本経済新聞　二〇一九年四月三日（水）　夕刊

実《じつ》相《そう》観《かん》入《にゅう》を唱えた斎藤茂吉の、写実を旨とするアララギ系の流れをくむ短歌結社「未来」に属していながら、私の作る歌は空想世界を構築してその想像の中で展開するドラマを詠んだものが多い。第一歌集『念力家族』も、今ならさしずめ『インクレディブル・ファミリー』のように家族全員が何かしらの超能力を持つという設定で、そのあれこれを歌にしたものだ。

それが畏友の脚本家佐《さ》東《とう》みどりさんによってNHK・Eテレのドラマになったのが二〇一五年春。おかげさまで好評を博し、翌年にはシーズン2も放送された。

原作のあるものを映像化するとイメージのずれで面白みが削《そ》がれてしまうのが一般的だが、短歌が三十一音の限られたイメージを読者が汲み取りふくらませていく文学であるように、脚本の佐東さん、木《き》滝《たき》りまさんをはじめ、スタッフのアイデアと遊び心が盛り込まれて歌の中のキャラクターに命が宿り、原作者の私が観《み》てもドキドキして笑わされる作品になっていた。

たとえば、シーズン1の第九話

少年時友とつくりし秘密基地ふと訪ぬれば友が住みおり　笹 公人

の回では、念力家の「家長」であるお父さんのある一日が末娘の視点で描かれる。判で押したような会社員生活を送る父親を「私のパパは毎日同じ時間に会社に出かけ、仕事はハンコを押すことです」と日記に綴《つづ》る。映し出されるその仕事ぶりは、黒澤明監督の映画『生きる』の志《し》村《むら》喬《たかし》のようだ。

ところが、「でも、明日、パパはいつもの時間のバスに乗りません」と日記に綴られた翌日、子供の頃の大切なものが隠してあるみかん箱を捨てられたことで家族への疎外感を感じた父親は、いつもの帰りのバス停から突然、林の中へ瞬間移動してしまう。すると、そこには子供の頃に作った「ひみつきち」が在りし日のまま残っているのだ。

原作のイメージでは、三十代くらいの男性が帰郷した際、懐かしい空き地に行くと、むかし作った秘密基地がそのままあり、中を覗くと、ぼろぼろの服を着ている髭《ひげ》面の男に「よぉ、ひさしぶり！」と言われ、よく見るとその男は、一緒に秘密基地を作った旧友だったというオチだ。

それがドラマではこうなっていた。秘密基地から現れた謎の少年とキャッチボールをしながら、「おまえは今のままでいいのか？　子供の頃は探検家になるのが夢じゃなかったのか？　今からでも遅くない、どうだ一緒に冒険しないか」と問いかけられる。父親は少年の誘いに魅力を感じながらも「今の俺は一人じゃないから」と答え、少年は「まぁ、どんな人生でも後悔するのは同じだからな」と秘密基地に戻っていく。

映画『フィールド・オブ・ドリームス』（フィル・アルデン・ロビンソン・監督）や、『クレヨンしんちゃん　嵐を呼ぶモーレツ！オトナ帝国の逆襲』（原恵一・監督、脚本／臼井儀人・原作／東宝）を髣髴《ほうふつ》とさせる苦く、切なく、それでいて温かい「家族」の物語は、放送枠の「天才てれびくん」の域を超えたものに昇華されていた。家族のもとに帰る父の背中に「これでいいのだ」とつぶやいた視聴者も私だけではあるまい。

短歌の短さは、その短さゆえに豊かな物語の種にもなりうる。それを証明してくれたドラマだった。毎年この季節になると、あの、ちょっと変な、魅力的な家族がひょっこりあらわれそうな気がしてくる。

アイドル歌会

日本経済新聞　二〇二一年九月十二日（日）

以前、AKB48メンバーだった北原里英さんに短歌指導をして以来、アイドルを集めて短歌のイベントをやったら絶対に面白いだろうとひそかに「アイドル歌会」の企画をあたためていた。毎日が非日常ともいえる特殊な時間を生きているアイドルは、短歌の題材に事欠かない。しかも職業柄、サービス精神旺盛で頭の回転が速く即興にも慣れている。世が平安の昔なら、清少納言《せいしょうなごん》や紫式部《むらさきしきぶ》のような存在だからだ。

そこで、アイドルに詳しいニッポン放送アナウンサー吉田尚記《よしだひさのり》さんに思い切って司会と選者、アイドルの人選をオファーすると、すぐにご快諾をいただいた。次に、『ホスト万葉集』など様々な新しい企画で話題を振りまいている「短歌研究」編集長國兼秀二《くにかねしゅうじ》さんにご相談すると、こちらも二つ返事でご承諾くださった。

こうなったからには、選者には象徴的な歌人が欲しい。そこで短歌界の永遠のアイドルともいえる俵万智さんにお願いした。開催日も、俵さんの「『この味がいいね』と君が言ったから七月六日はサラダ記念日」にちなんで七月六日。タイトルは、「短歌研究創刊90周年記念『アイドル歌会@サラダ記念日』」とした。

仕上げはアイドルの人選だ。こちらは吉田アナの絶妙な人選により、イラストレーター・ぺろりん先生としても活動する鹿目凛《かなめりん》さん（でんぱ組．inc）、令和最狂アイドルとも呼ばれる駄好乙《たむこ》さん（鶯籠《とりかご》）、古き良き時代からやってきたまじめなアイドル寺嶋由芙《てらしまゆふ》さん、永遠の中学生エビ中の中核メンバー真山《まやま》りかさん（私立恵比寿中学）の四名が決定したのである。

とはいえ、いきなりぶっつけ本番で歌が詠める初心者はいない。それで、俵さんと私によるZoom《ズーム》指導を経た歌を歌会に提出してもらうことにした。はじめて作った短歌を、あの俵万智さんに個人指導してもらうことの凄さをアイドルの方達がどこまで理解していたかわからない。これは、いわば、野球少年が大谷翔平《おおたにしょうへい》からボールの投げ方を教わるようなものなのだ。そのかいあって、彼女たちの日常と非日常の隙間が垣間見える歌が徐々に出来上がっていった。

そして、迎えた歌会当日。本物の歌会や「総選挙」同様、無記名投票で競い合い、ファンも選者もアイドルたちも大いに盛り上がった。

平日のオフにカフェラテ飲みながら普段の君に思いを馳《は》せる　寺嶋由芙

自分を「推し」てくれるファンの客席以外の姿を想像するアイドルの何気ない時間。昔から俵さんのファンだという寺嶋さんの一首は『サラダ記念日』に収録されていても違和感ないかもしれない。

お父さん？ 恋人？ 友達？ 誰目線？ 遠くて近い特別たちよ　真山りか

アイドルの握手会には、様々なタイプのファンが来るらしい。「ちゃんとご飯食べてるか？」と言う人、「なかなか会えなくてごめんな」と言う人。「ひさしぶり元気ー？」と言う人。どの目線のファンも自分を応援してくれる特別な存在であるという、ファンへの愛情が感じられる。

その飛沫君が振り撒《ま》くほとばしるライトに照らされ虹色幻想　駄好乙

独特の言葉選びのセンスと「虹色幻想」という造語にくらくらする。だが、それが逆に魅力となって多くの票が集まった。「虹色幻想」とは、コロナ以前は、ノリノリのファンの汗や飛沫が照明に映え、美しく見えたが、コロナ以降は、その飛沫が汚く恐ろしいものにも見えるのを詠んだという。アイドルのライブは、ファンの意識のずれも含めて幻想のようなもの。その気づきを「虹色幻想」に込めたという駄好乙さん。十六歳とは思えぬこの達観ぶりに、票を投じた俵さんも感心していた。

「変わったね」君に言われて「変わったよ」変わらなければ続けられない　鹿目 凛

握手会の風景。髪型を変えただけで、「推しをやめる」と駄々をこねるファンもいるらしい。しかし一人一人のファンの理想に応じられるはずもない。一見ファンを突き放すような上の句と、下の句の決意のコントラストが鮮やか。アイドルが天命であるという自覚と強いプロ意識が歌に込められている。

短歌は「若さ」「夭折《ようせつ》」「青春」「恋」などと親和性が高い。華やかで儚《はかな》げなルックスの光と影が織りなす魅力のアイドルとは、元々、歌で夢をふりまく存在。つきづきしいのも当然なのである。

あるときは卑弥呼の振りし大幣《おおぬさ》のごとくリボンと髪を揺らして　笹 公人

短歌は音楽だ

短歌研究社「短歌研究」二〇一六年七月号

二十代前半の一時期、アイドルが歌う曲の作詞の仕事をしていた。その経験で現在の歌人としての活動に生きていることがあるとすれば、当時、ディレクターから貰った次のようなアドバイスである。それは、歌詞の頭とサビは、なるべく母音のa（ア）音が含まれるア段（あ、か、さ、た、な、は、ま、や、ら、わ）にしたほうがいいというものだった。

その時は理由がわからなかったのだが、後から昔の大ヒット曲の歌詞の頭やサビの部分を調べてみると、たしかに「ア段」の音が多い。いま思いつくものでも「♪ああ　私の恋は」で始まる松田聖子の「青い珊瑚礁」、「♪ああ　果てしない」で始まるクリスタルキングの「大都会」、「♪たとえば君がいるだけで」で始まる米米CLUBの「君がいるだけで」、「♪花屋の店先に並んだ」で始まるSMAPの「世界に一つだけの花」、「♪アイウォンチュー」で始まるAKB48の「ヘビーローテーション」などが頭に浮かぶ。

サビ部門では、「♪ああ　川の流れのように」の美空ひばり「川の流れのように」など山ほどある。数え上げたらきりがないが、「ア」音ではじまる歌には、たしかに明るい印象があり、歌の世界に引き込まれやすいようだ。

音声学の研究家・山根《やまね》章弘《あきひろ》氏によると、「ア」の母音を耳にしたとき、われわれは「明朗で開放的」な印象を受けるらしい。そういえば、お経や祝詞もほとんどがア段の音ではじまるし、最古の短歌といわれるスサノオノミコトの「八雲立つ出雲八重垣妻籠みに八重垣作るその八重垣を」の歌もそうである。古代人が感動のあまり「あぁ」と漏らした声が「あは」となり、「あはれ」となって文学が始まったという説もある。「アーメン」も「南無阿弥陀仏」も、「天津《あまつ》祝詞《のりと》」（高天原に神留坐す）も「般若心経」（摩訶般若波羅蜜多心経）もそれぞれア段の音で始まる。古神道では、「ア」は始まりを表す音、天を意味する言霊といわれる。われわれが、「ア」音ではじまる歌謡曲から明朗で開放的な印象を受けるのは、錯覚ではなく、音声学や言霊的な裏付けもあったのかもしれない。「百人一首」の一首目も「秋の田の」で始まるから、藤原定家もそのことを意識したのではないかと勝手な想像をしている。

作家の故・井上《いのうえ》ひさしは著書『自家製　文章読本』（新潮文庫）の中で、斎藤茂吉の名歌

最上川逆白波《さかしらなみ》のたつまでにふぶくゆふべとなりにけるかも

をローマ字に綴り直すことで、母音のもたらす効果について注目している。以下、少し長くなるが、引用させていただく。

Mogamigaha sakashiranami no tatsu made ni
fubuku yufube to narini keru kamo

「逆白波」は六音、そのうち四音が「ア」の母音を孕《はら》み持つことがわかる。そればかりか上句《かみのく》十七音のうち「ア」を抱く音が九音もあるのだ。半分以上が「ア」の母音を響かせている。「ア」は大きな抱《ほう》擁《よう》力を持つ音である。赤ん坊が最初に学習するのもこの音であって、この音はすべてを受け入れる。そこでこの歌の上句は荒れ狂う大自然をそのまま我がものとして受け入れているのだとわかる。ところが下句《しものく》に至って事情は一変する。とくに第四句の「fubuku yufube to」が重要だ。七音のうち五音までが「ウ」の母音を孕んでいる。「ウ」は思い屈した、姿勢の低い音である。それが五個も連続すると、まるで唸り声のように聞える。吹雪に吹き飛ばされまいとして唸り声を発しながら背をかがめている人間。だが第五の結句で人間は大自然と和解する。第五句は「アイウエオ」の五つの母音をすべて含ん

でいるからである。日本語の持つすべての母音が響き合うこと、それはまったき世界の再創造である。

この鑑賞には心から納得させられた。茂吉の名歌の名歌たるゆえんがはじめてわかったような気がした。現代において、他人の短歌や自作の短歌を母音に分解して鑑賞したり推敲したりする歌人はほとんどいないだろうが、この方法は今でも有効だと思う。「母音分解読み」で心地よく響く短歌こそ、韻律の美しい歌といえるのではないだろうか。

私の知るかぎりでは、歌人よりもプロの作詞家や作曲家のほうが母音の効果を信じているし、気を遣っているように思える。

一方、現代短歌は、意味内容やイメージ世界を尊重しすぎるあまり、韻律を蔑《ないがし》ろにしているのではなかろうか。藤原俊成は、「歌はただよみあげもし、詠じもしたるに、何となく艶《えん》にもあはれにも聞《きこ》ゆる事のあるなるべし」（古来風体抄）と述べている。今こそ短歌は、元来尊重されていた音楽性に立ち返るべきだと思う。

歌の音楽性といえば、以前、細野晴臣《ほそのはるおみ》さんのイベントに前座で出演させていただいたとき、細野さんに「短歌にメロディーをつけて歌わないの？」と聞かれたことがある。その手があったか！　と思った。その直後にＰｅｒｆｕｍｅ《パフューム》が五・七・五の音数にメロディーを乗せた「５７５」という曲でヒットを飛ばした。歌人でありバンドマンでもある私は、その五・七・五・七・七版を作るべきだったのである。坂本冬美《さかもとふゆみ》のヒット曲「夜桜お七」も歌人・林《はやし》あまりさんの短歌にメロディーをつけたものだし、「君が代」の歌詞も『古今和歌集』（巻七・賀歌）の冒頭から採録された短歌だ。短歌にメロディーをつけるという試みは、一見、奇抜に見えて案外先祖返りの行為なのかもしれないと思うがいかがだろうか。

シン・短歌ドリル

笹P　□の中に、1〜4の中のどの言葉が入るか考えてみてください。
ここまでの学びの成果をチェックしてみましょう！

【問一】

今日はむしょうに□のなかに入りたし□はとくに落ち着いている

（出典——渡辺松男『泡宇宙の蛙』）

1．布団　2．急須　3．着ぐるみ　4．テント

※□には同じものが入ります。

【問二】

□にゆかざる男みちみちるJR線新宿駅よ

（出典——大滝和子『銀河を産んだように』）

1．スポーツジム　2．墓参り　3．同窓会　4．羚羊《かもしか》狩

【問三】

□あらぬ天より子どもらが降り來て赤き地獄へゆけり

（出典——水原紫苑『えぴすとれー』）

1．オムライス　2．中華丼　3．ハンバーグ　4．カレーライス

【解　一】

1は、あたりまえすぎて、小学生の作文のようです。**3**は、子供にひっぱられたりするので、落ち着けないです。**4**は、キャンプだとしたら熊に襲われる可能性もあり、落ち着くどころではありません。

正解は**2**の「急須」です。暗くて、頑丈な壁に守られ、茶葉の良い香りもして、たしかに究極の落ち着いた空間といえます。人間が入るものではない急須を持ってきた作者のセンスに驚かされます。**2**以外のありがちな内容では、読者の印象に残りにくいです。一見、「えっ、何これ?」と思わせるくらいのものでちょうどいいのです。ただ、やりすぎると意味不明な歌になりがちなので注意が必要です。

【解　二】

1は、中年太りのサラリーマンたちを揶揄した社会風刺の歌として読めば成立しますが、他に、もっと詩としての完成度が上がる言葉があるため不正解です。**2**は、なぜ男たちが墓参りに行っていないとわかったのでしょうか。作者はスピリチュアルカウンセラーではありません。よって×です。**3**は、なぜ同窓会に行っていないと断言できたのでしょうか？　説得力もなく、ＪＲ線新宿駅である必然性もないので×です。

正解は、**4**の羚羊狩です。古代の男たちは、会社に出勤するように羚羊狩に行っていたのではないか？　という想像が根底にあります。人がごった返す、現代都市の象徴でもあるＪＲ新宿駅を舞台にしたところも見事です。現代では、羚羊は捕獲禁止なので、「一人くらいいるかも？」というツッコミさえ無効となります。

【解　三】

天国で暮らす子どもたちをそこまで誘惑する食べ物とは何でしょうか。**1**のオムライスは、かわいすぎて、緊張感漂う場面にそぐわないです。**2**の中華丼は、ダンテの「神曲」を彷彿させるような世界観に合いません。**4**は、たしかに子どもはカレーライスが大好きですが、平和すぎて、歌の雰囲気にマッチしません。

正解は、**3**です。子どもに人気があり、さらにこの歌の世界観にぴったりのタブー感を漂わせる食べ物といったら、ハンバーグしかありません。人肉入りのハンバーグの話など、ホラー小説や都市伝説でもよくあるネタです。ハンバーグは、どこかそういった背徳感を漂わせた食べ物であることをこの歌は教えてくれます。

【問四】

夏山より戻りたる子のリュックあり□期終へ来しごとくしづかに

（出典――栗木京子『けむり水晶』）

1．思春　2．反抗　3．刑　4．二学

【問五】

投稿にうつくしき夏の雨詠みし青年□となる職業欄

（出典――米川千嘉子《よねかわちかこ》『牡丹《ぼうたん》の伯母《をば》』）

1．「詩人」　2．「漫才師」　3．「弁護士」　4．「無職」

【問六】

バック・シートに眠ってていい　市街路を□のように走るさ

（出典――加藤治郎《かとうじろう》『サニー・サイド・アップ』）

1．シューマッハ　2．ねぷた祭り　3．海賊船　4．覆面パトカー

【解四】

「子」ではなく「リュック」を描いた歌であることを意識しましょう。**1**、**2**、**4**は、リュックではなく子に対する印象になってしまっています。たとえ子にもかかっているとしても、**1**は、普通すぎます。厳しい経験をして大人っぽくなったことを「思春期終えしごとくに」では、何のひねりもありません。よって×です。**2**も、登山後の肉体疲労と、反抗期を終えて精神的に落ち着いた感じとではニュアンスが違います。よって×です。**4**は、二学期を終えようが三学期を終えようが、リュックには関係ありません。

正解は、**3**の「刑期」です。山登りにより、クタクタになって汚れた小さなリュックを見て、まるで刑期を終えた人のように疲れ果てていると感じたのです。作者ならではの鋭い感覚が、一見結びつかない言葉を結び付け、不思議なポエジーを生み出しています。

【解　五】

新聞歌壇の選者である作者が、ある投稿者の職業欄の文字が変わっていたことに注目した作品です。**1**は、意外性がまったくありません。詩情あふれる作品を作ったから詩人になるという展開があまりにも予定調和で安易です。よって×。**2**は、昔はともかく現代は、漫才師としてデビューしたビートたけしさんが世界的な映画賞をいくつもとったり、ピースの又吉直樹《またよしなおき》さんが芥川賞をとったりする時代です。「あんな詩的な感性を持った青年が漫才師に!?」などと驚く時代ではありません。何のギャップも驚きも感じないので×。**3**は、どこか「よかったね〜」で終わってしまう話です。詩心を持った弁護士が増えるのはうれしいことですが、詩としてのインパクトは弱いので×。

正解は**4**です。投稿者は、繊細なやさしさを持った人だったのでしょう。その繊細さゆえに思い悩んで会社をやめてしまったのではないか？　と作者は案じたのではないでしょうか。選者と投稿者の心の交流を描いた歌としても読むことができます。

【解 六】

ドライブデートの最中の歌として読むのが妥当でしょう。**1**は、F1史上最強とも称されたドイツの天才F1ドライバー、ミハエル・シューマッハ。市街路は、F1レーサーが猛スピードで車を走らせる場所ではありません。後部座席の恋人も眠るどころではなくなってしまうでしょう。**2**。侍の顔が大きくペイントされた車体がピカピカ光っていたのでしょうか。そんなトラック野郎の世界を描いた歌ではありません。**4**は、物語性が過剰です。後部座席にいる人は、犯罪に巻き込まれた被害者で、作者は犯人を追っているのでしょうか。上の句の甘やかなセリフにそぐわない世界観です。

よって、正解は**3**となります。こんな風に言われたら、恋人もワクワクしてしまうでしょう。市街路を海に喩えているあたりもお洒落《しゃれ》です。海面ならではの浮遊感もデート中の甘いムードと響き合います。海賊船でなければ成立しない説得力のある比喩です。

【問七】

対岸をつまづきながらゆく君の[　　]片手に触りたかった

（出典――永田《ながた》紅《こう》『日輪』）

1．青い　2．右の　3．ブリキの　4．遠い

【問八】

金次郎《きんじろ》が読んでゐる本なんの本あるいは[　　]

（出典――小池光『思川の岸辺』）

1．『解体新書』　2．『好色一代女』　3．『かちかち山』　4．『南総里見八犬伝』

【問九】

徘徊ではないと家族にメモ残し夜の海辺で待つ[　　]

（出典――村上英明　第十三回NHK全国短歌大会　大会大賞）

1．うつろ舟　2．どざえもん　3．流れ星　4．大き桃

【解七】

淡い恋模様が描かれた青春歌です。**1**「青い片手」。「白い」や「茶色い」ならわかりますが、「青い」はやりすぎです。君はゾンビではありません。**2**。「右の片手」という言い回しが変です。書くなら「右手」と書くはずです。よって×。**3**「ブリキの片手」。作者は『オズの魔法使い』のドロシーでしょうか？ もしも『オズの魔法使い』のオマージュ短歌だとしたら、映画に出てくるもっと象徴的な場面を選ぶでしょう。よって×。

正解は、**4**の「遠い片手」です。川の向こう岸をつまづきながら歩く君。上の句の描写だけで、不器用ながらも真面目で誠実な青年像が浮かんできます。そんな君の片手に触れてみたかったけど、その勇気はなかったのです。「対岸」がふたりの関係を暗示しています。作者は、遠ざかる君の片手をいつまでも見つめていたのかもしれません。

【解　八】

全国の小学校に建てられている二宮《にのみや》金次郎《きんじろう》像をモチーフにした作品です。**1**は、金次郎が医学で大成した偉人であるならば別ですが、必然性がありません。**3**は、おなじ背負い系という共通点はありますが、『かちかち山』の結末を考えるとブラックジョークが効きすぎています。**1**と**3**は、字足らずも気になります。**4**は、パンチが足りないです。たとえ本書を読んでいたとしても、金次郎のイメージが変わるほどのものではありません。史実的にも時期がずれています。

正解は、**2**です。真面目の象徴のような金次郎が、まさかそんな本を……！という意外性が笑いを生むのです。ちなみに歴史学者によると、金次郎が読んでいた本は『大学』ではないかといわれています。

【解九】

1の「うつろ舟」は、江戸時代に各地の海岸に漂着したという謎の円盤型の舟。UFO説も根強いです。ますます徘徊と思われるおそれが出てくるので×。2は、怪しすぎるので×。現実的に考えて、そんな歌が「NHK全国短歌大会」の大賞をとれるとは思えません。4は、桃太郎を育てたいのかもしれませんが、大きな桃がどんぶらこと流れてくるのは、海ではなく川です。

正解は、3の「流れ星」です。下の句だけ読むと、まるで十代の青春風景です。かつてこれほどまでにエモい老いの歌があったでしょうか。エモは若者の特権ではないということに気づかせてくれた一首です。

【問十】

□で始まり□で終わるように観覧車降りてもきみがまだ好きだった

（出典――toron*『イマジナシオン』）

1.無　2.「え？」　3.友　4.ド

※□には同じものが入ります。

【問十一】

ちぎれ翔ぶマジシャンの蝶たちまちにあふれて□の街となるべし

（出典――佐伯《さえき》裕子《ゆうこ》『春の旋律』）

1.嘘　2.虫　3.恋　4.雪

【問十二】

ランドセル鮮紅の群そのなかのひとつに□ひそみゐるむ

（出典――大塚寅彦『ガウディの月』）

1.養命酒　2.広辞苑　3.たらば蟹　4.白き鳩

【解十】

結句に「まだ好きだった」とあるので、恋を諦めようとしたけど諦められなかったという切ない気持ちが詠まれた歌だと思います。**1**は、何も発展しなかったということを暗示しているのかもしれませんが、好きな人と観覧車に乗るという体験自体は「無」とは思えないので、×。**2**は、緊張している様子は伝わってきますが、シリアスな下の句を考えると、呑気すぎるので、×。**3**は、内容的に間違いではないと思いますが、「ように」が活きないので×。

正解は、**4**です。脈がないことがわかり、ドシラソファミレドとテンションが下がってしまったのでしょう。観覧車の動きと心の動きを音階に重ねたところが秀逸です。舞台が、ドで始まりドで終わる「（横浜）ドリームランド」の観覧車だったとしたら、なお凄いですね。

【解　十　一】

1「嘘の街」は、東京に負けた若者の捨て台詞のようで味わい深いですが、マジシャンと嘘が即《つ》き過ぎです。2の「マジシャンの蝶《ちょう》」は、本物の蝶ではありません。また、蝶があふれて虫の街になるというのは予定調和すぎます。3の、蝶の群れが舞い飛ぶ光景は、たしかに恋が似合いますが、蝶・恋・街の三大要素が合わさると、途端にムード歌謡っぽさを醸し出してしまうので、×です。

正解は、4の「雪」です。手品の道具である作り物の紋白蝶が命を得て、増殖し、粉雪のように街を覆うというファンタジックなイメージです。この歌自体が鮮やかなマジックのようです。

【解十二】

色のコントラストに注目してください。**1**、養命酒を持ち歩くキッズなどいません！ 必然性がないので×です。**2**、クイズ王を目指しているのでしょうか？ これも必然性がないので×。**3**、なにゆえにボイルされた「たらば蟹」を!? また、ランドセルの赤と色的に相殺してしまうので×です。

正解は**4**。赤いランドセルと白い鳩のコントラストが鮮やかです。意味よりも絵の美しさに重きを置いた、幻想的な歌といえましょう。

【問十三】

つぼ八のネオン目指して歩くのだ［　　］直前戦隊レッド

（出典——柴《しば》田《た》瞳《ひとみ》『月は燃え出しそうなオレンジ』）

1．殺人　2．整形　3．失恋　4．泥酔

【問十四】

イヤホンを通じて脳に送られる中島みゆきという名の［　　］

（出典——本条《ほんじょう》恵《めぐみ》）

1．愉悦　2．麻酔　3．安堵　4．情念

【問十五】

［　　］などくれてやるから君の持つ愛と名の付く全てをよこせ

（出典——岡崎《おかざき》裕美子《ゆみこ》『発芽』）

1．お金　2．体　3．魂　4．権利

【解十三】

若い女性の歌です。**1**は、いきなり物騒ですね。つぼ八に殺したい男が待っているのでしょうか。「歩くのだ」の明るさがサイコっぽくて怖すぎます。ヒーロー戦隊ぽくないので×。**2**は、整形手術の前夜あたりに、誰かに変わる前の顔を記憶しておいてもらおうと考えたのでしょうか。ヒーロー戦隊らしさが皆無なので×。**4**は、呑み仲間のリーダーであることを表明する歌になってしまっています。イエローやブルーの肝臓が色的に心配なので×。

正解は**3**「失恋」です。これから別れ話になることがわかっていて泣きそうな気持ちなのに、自分をヒーロー戦隊に見立てて、強気になろうとしている女子の健気さが心を打ちます。

【解十四】

歌人にもファンが多い中島《なかじま》みゆきさん。**1**は、みゆきさんの作品世界のイメージとちょっと違うので×。**3**もちょっと違いますね。わざわざ歌にするという背景を想像してほしいです。**4**は、ひっかけ問題です。間違いではないと思いますが、「情念」だと、中島みゆきさんの歌の世界の説明になってしまいます。よって、×。

正解は、**2**「麻酔」です。中島みゆきさんの歌には、失恋の痛みを一時的に和らげる効果があるのでしょうね。

【解十五】

X（旧Twitter）でバズった作品です。1「お金」だと、なんでもお金で解決しようとする人の哀しい歌になってしまいますね。もっと良いものがあるはずです。3は、「魂」と「愛」は、近すぎるので×。4の「権利」、作者が資産家などであれば、ないこともないのですが……。

詩としていちばん輝くのは、2でしょう。よって、正解は「体」です。作者のロックな魂が炸裂した絶唱です。

【問十六】

呼び捨てでほしいと言えば黙り込む君と今夜は□を見る

（出典——鈴木晴香《すずきはるか》『夜にあやまってくれ』）

1．サーカス　2．プロレス　3．浄瑠璃　4．M-1

【問十七】

にぎやかな四人が乗車して限りなく□になる運転手

（出典——岡本真帆《おかもとまほ》『水上バス浅草行き』）

1．乱暴　2．横柄　3．透明　4．饒舌

【問十八】

□のペットボトルのそれぞれに宇宙へ飛び出したがる癖あり

（出典——鈴木加成太『うすがみの銀河』）

1．烏龍茶　2．コカ・コーラ　3．モンスターエナジー　4．ファンタグレープ

【解十六】

作者は恋人に対して、自分の名前を呼び捨ててほしい、そして、もっともっと自分との距離を縮めてほしいと願っているのでしょう。真面目で奥手な彼氏の姿が浮かんできます。それを踏まえて考えると、**2**の「プロレス」は、呼び捨てとあまり関係ないような気がします。無口なプロレスラーも多いですし。**3**の「浄瑠璃」は、ミスチョイスにもほどがあります。ますます黙り込む状況になりそうです。**4**の「M-1」は、お互いに笑って距離を縮めようという作戦かもしれませんが、**1**に比べると少し衝撃度が弱いかもしれません。

よって、正解は**1**の「サーカス」となります。「空中ブランコをする勇気に比べたら、恋人を呼び捨てにするなんて何でもないでしょ?」という作者の心の叫びが聞こえてきそうです。

【解十七】

ただでさえにぎやかな四人が、さらにテンションMAXの状態のままタクシーに乗車したら、車内は大変なことになるでしょう。そこでタクシーの運転手がとった行動を想像してみましょう。**1**は、通報してください。歌を詠んでいる場合ではありません。**2**は、「静かにしろ！」などと注意してきたのでしょうか。ありえるシチュエーションですが、「限りなく」が活きないので×。**4**は、おそらく四人の会話に入り込んできたのでしょう。そのコミュ力の高さは評価したいところですが、詩としては×です。

正解は、**3**の「透明」です。あまりの賑《にぎ》やかさに圧倒されて、運転手はみずから気配を消したのでしょう。ちなみに運転手は、村《むら》上《かみ》龍《りゅう》先生（『限りなく透明に近いブルー』）ではありません。

【解十八】

1の「烏龍茶」は、烏《からす》と龍という飛ぶ生き物が2つも入っていますが、「烏」に成層圏を突破するイメージがないので、×。3は、ものすごい馬力で飛び上がりそうですが、宇宙までは届きそうもないので、×。4の「ファンタグレープ」は、「ファンタジー」と「グレープ色の宇宙」ということで、かなり良い線をいってますが、より良い選択肢があるので、×。

正解は、2の「コカ・コーラ」です。コーラの瓶や缶を振ったあとの噴射は、スペースシャトルの発射時を想起させます。アメリカが国家の威信をかけて取り組んだアポロ計画とアメリカ文化の象徴であるコカ・コーラも響き合います。

【問十九】

妻と子が服を選んでいるあいだ木の長椅子に[　　]を待つ

（出典――鈴木麦太朗　第十四回NHK全国短歌大会　大会大賞）

1．十年　2．百年　3．ゴドー　4．滅亡

【問二十】

アイドルの部屋の自撮りの背景に[　　]が見えて応援したい

（出典――ゴウヒデキ）

1．遺影　2．祖父母　3．襖　4．お化け

【解十九】

年頃の娘を持つ男性には、思い当たる部分がある歌ではないでしょうか。**2**の「百年」は、ちょっと大げさすぎます。長椅子の上で白骨化してしまうでしょう。よって、×。**4**は、そんなに嫌だったのですか？ と同情したくなります。そこまで思う人は、そもそも買い物に付き合わないでしょうから、×。**3**を選んだ人は、インテリゲンチャですね。『ゴドーを待ちながら』は、言わずとしれた劇作家サミュエル・ベケットによる戯曲の名作です。しかし、内容的に合わないので、×。

正解は、**1**の「十年」です。一年でも百年でもない十年という年数に不思議なユーモアが漂いました。

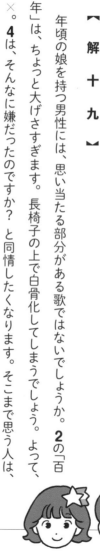

【解二十】

コロナ禍の地下アイドルは、ライブが行えないため、Ｚｏｏｍでの活動が主流となっていたようです。おそらくそのときに見た光景でしょう。**1**の「遺影」は、わざわざカメラに映る場所に置いて、お涙頂戴の演出をしたのかもしれませんが、そんなことをするアイドルはいないと思うので、×。**2**の「祖父母」は、ありえる光景ですが、歌としてちょっと狙いすぎなので、×。**4**の「お化け」は、オカルト系のチャンネルならバズる可能性もありますが、「応援したい」が意味不明になるので、×です。

よって、正解は**3**の「襖《ふすま》」です。襖が見えたことで、アイドルが実家暮らしであることなどがわかって、「俺が応援しなくては！」と父性本能がくすぐられたのでしょう。

おわりに

笹P　最後まで読んでくれたみなさん、ありがとうございました。

コトハ　先生、最後に聞きたいことがあります。先生は、短歌によって心が救われたことはありますか？

笹P　最後に凄い質問がきたね……。あるよ。つい最近になってからだけど。悪性リンパ腫で寝たきりになった父親の介護が嫌で嫌で仕方がなくて、世界がモノクロになったような気がしたんだ。

ゴム手袋二重にはめて香焚いて気合で父のおむつを替える

『終楽章』

笹P　こんな歌も詠んでいたんだけど。

コトハ　嫌がりすぎです！

笹P　伊藤一彦先生のこの歌を読んで衝撃を受けたんだ。

ベッドの父の襁褓替ふるをよろこびとしたる二《ふた》月《つき》いまははかなし

伊藤一彦『海号の歌』

笹P　この歌を読んだ時、自分が今やっている介護は、最初で最後の親孝行なんだと直観したんだ。その瞬間から意識が変わった。

コトハ　素晴らしい体験ですね。

笹P　それ以降、ずいぶん前向きになれた。世界にも色彩が戻った。現実の受け止め方が変わったんだね。短歌で人を変えたり救ったりすることなんて、できるわけがないと思ってたんだけど、この体験によって考えが変わったんだ。

コトハ　凄い！　短歌の力、私も信じてみます！　私もいつかそんな歌を作れるようになりたい。

笹P　本書を執筆する上で、次の本からたくさんのヒントをいただきました。いずれも私の作歌人生に多大な影響を与えた入門書です。

『今はじめる人のための短歌入門』岡井　隆・著（角川ソフィア文庫）
『馬場あき子全集　第十巻　短歌論・実作入門』馬場あき子・著（三一書房）
『NHK短歌　作歌へのいざない』三枝昂之・著（NHK出版）
『NHK短歌　作歌のヒント』永田和宏・著（NHK出版）

先生方に、この場を借りて御礼申し上げます。
超多忙スケジュールの合間を縫って、最高のイラストを描いてくださった北村《きたむら》みなみさん、いつも期待以上のものに仕上げてくださるブックデザインの近田火日輝《ちかだひびき》さん、『パラレル百景』短歌・笹公人／絵・北村みなみ（トゥーヴァージンズ）のトリオで再びコラボレーションできて、うれしかったです。ありがとうございました。

最後に、より良い本にしようとギリギリまで粘り強く取り組んでくださった担当編集の大久保歩美さん、「NHK短歌」テキスト編集長の平川静香さん、連載企画を依頼してくださり、連載中も懇切丁寧にアドバイスをくださった梅内美華子さん、連載中、何かとお世話になった佐藤雅彦さん、内藤篤さん、鈴木さとみさん、本当にありがとうございました。

お忙しいなか素晴らしい帯文をくださった俵万智さん、誠にありがとうございました。「アイドル歌会」の事前講習でアイドルのみなさんの作品を指導するとき、俵さんの指導の仕方が自分とよく似てるなぁ……と思うのですが、それもそのはず、初学の頃は、『サラダ記念日』を座右の書として作歌していたのですから、意識的にも無意識的にも俵さんの作歌法から多くを学んでいたということです。あらためて感謝申し上げます。

そのほか大勢の人の応援、ご協力によって本書が生まれました。本書に関わったみなさまに心から御礼申し上げます。

コトハちゃんもありがとう。これからもアイドルと短歌の二刀流でがんばってね！

コトハ　この本をいつも持ち歩いて、いろんな瞬間を短歌にしていきます。いつか先生を唸らせるような歌を詠んでみせます！

笹P　それではみなさん、素敵な短歌ライフをお過ごしください！

投稿前に確認しよう！ 推敲10のチェック✓ポイント

歌を発表する前にチェックするべきことを10個のチェックポイントにしてみました。

- ✓ ①歌の意味がしっかり読者に伝わるか？（自信がない時は、家族や友人知人に読んでもらいましょう）
- ✓ ②内容を詰め込みすぎていないか？（一首の中に、二首分、三首分の情報量を詰め込んでいないか）
- ✓ ③意味が重複している言葉はないか？（たとえば、「月」とあれば夜だとわかるので「夜」は省略できます。）
- ✓ ④慣用句を使っていないか？（決まり文句に要注意）
- ✓ ⑤手垢のついたオノマトペを使っていないか？（例・雨が「ざあざあ」降る。犬が「ワンワン」と吠える）
- ✓ ⑥歌が話のあらすじや説明になっていないか？（三十一音に言葉が乗れば何でも短歌になるわけではありません。「心（想い）」を込めましょう）
- ✓ ⑦安易に「悲しい」などと書いていないか？（「悲しい」という感情の最大公約数のような形容詞では、作者のリアルな悲しみを伝えることはできません。風景や物などに託して「自分だけの悲しい」を表現しましょう）
- ✓ ⑧答え（オチ）を言ってしまっていないか？（一番言いたいことは、あえて読者に想像させましょう）
- ✓ ⑨動詞が三つ以上ないか？（動詞が三つ以上あると、内容が散文的になりがちです）
- ✓ ⑩調べ（韻律・リズム・響き）が整っているか？（声に出して読んでみましょう）

『NHK短歌　シン・短歌入門』 作・笹公人

笹 公人《ささ・きみひと》

1975年、東京都生まれ。歌人。

「未来」選者。令和4年度「NHK短歌」選者。

大正大学客員准教授、和光大学非常勤講師、日本文藝家協会会員、現代歌人協会元理事。

歌集に、NHKにて連続ドラマ化された『念力家族』（朝日文庫）、『念力図鑑』（幻冬舎）、『抒情の奇妙な冒険』（早川書房）、『終楽章』（短歌研究社）、『パラレル百景』（北村みなみとの共著／トゥーヴァージンズ）等、著書多数。

「牧水・短歌甲子園」審査員。「新・介護百人一首」選者。「アイドル歌会」選者。「短歌」（KADOKAWA）にて鎌田東二氏と「言霊の短歌史」を連載中。作詞家としても活動している。

装幀・本文デザイン　近田火日輝 (fireworks.vc)
イラストレーション　北村みなみ
校正　神谷陽子
編集協力　梅内美華子・鈴木さとみ
DTP　天龍社

JASRAC 出 2309308-301

NHK短歌
シン・短歌入門

二〇二三年十二月二〇日　第一刷発行
二〇二四年　一月二五日　第二刷発行

著者　笹 公人

発行者　松本浩司
発行所　NHK出版
〒一五〇―〇〇四二　東京都渋谷区宇田川町十―三
電話　〇五七〇―〇〇九―三二一（問い合わせ）
〇五七〇―〇〇〇―三二一（注文）
ホームページ　https://www.nhk-book.co.jp

印刷　近代美術
製本　二葉製本

Printed in Japan　ISBN978-4-14-016286-6 C0092